满族口头遗产传统说部丛书

乌布西奔妈妈

鲁连坤 讲述
富育光 译注整理

吉林人民出版社

图书在版编目(CIP)数据

乌布西奔妈妈 / 鲁连坤讲述;富育光译注整理. --
长春:吉林人民出版社,2019.5
(满族口头遗产传统说部丛书)
ISBN 978-7-206-16922-9

Ⅰ.①乌… Ⅱ.①鲁… ②富… Ⅲ.①满族–民间故
事–中国 Ⅳ.① I277.3

中国版本图书馆 CIP 数据核字(2019)第 293969 号

出 品 人:常　宏
产品总监:赵　岩
统　　筹:陆　雨　李相梅
责任编辑:高　婷　郝晨宇　李　爽
装帧设计:赵　谦

乌布西奔妈妈
WUBUXIBEN MAMA

讲　　述:鲁连坤　　译注整理:富育光
出版发行:吉林人民出版社(长春市人民大街 7548 号　邮政编码:130022)
咨询电话:0431-85378007
印　　刷:吉林省优视印务有限公司
开　　本:720mm×1000mm　1/16
印　　张:16　　字　　数:260 千字
标准书号:ISBN 978-7-206-16922-9
版　　次:2019 年 5 月第 1 版　印　　次:2019 年 5 月第 1 次印刷
定　　价:55.00 元

出版说明

满族口头遗产传统说部是具有较高社会价值和文化价值的满族文化的百科全书。整理发掘满族说部的项目工作被文化部列为中国民族民间文化保护工作试点项目，并被国务院批准列入第一批国家级非物质文化遗产名录。

“满族口头遗产传统说部丛书”是千百年来满族各氏族对祖先英雄事迹和生存经验的传述，一代一代口耳相传，保留下来的珍贵的满族遗存资料。经过近三十年抢救整理，从二〇〇七年到二〇一七年的十年间，根据整理文本的先后，我社分四次陆续出版了五十部说部和三本研究专著。此套丛书无论从社会价值和文化价值来看，都是一套极具资料性、科研性和阅读性融为一体的满族文化的百科全书。

此次出版对以下两个方面做了调整：

一、在听取各方专家建议的基础上，对原丛书进行了筛选，选取最有价值、最有代表性的四十三部说部，删去原版本中与文本关系不紧密的彩插，对文本做了大幅的编辑校订，统一采用章回体表述方式，并按照内容分为讲述萨满史诗的“窝车库乌勒本”、讲述家族内英雄人物的“包衣乌勒本”、讲述英雄和历史人物的“巴图鲁乌勒本”、讲述说唱故事的“给孙乌春乌勒本”等，突出了说部的版本特色。

二、保留研究专著《满族说部乌勒本概论》，作为本丛书的引领，新增考古发掘的图片和口述整理的手稿彩色影印件。

特此说明。

吉林人民出版社

编 委 会

主　　编：谷长春

副 主 编：杨安娣　富育光　吴景春
荆文礼　常　宏

编　　委：（以姓氏笔画为序）
于　敏　王少君　王宏刚
王松林　朱立春　刘国伟
孙桂林　陈守君　苑　利
金旭东　赵东升　赵　岩
曹保明　傅英仁

序

冯骥才

任何民族的文学都包括两大部分。一是个人用文字创作的、以书面传播的文学，一是民间集体口头创作的、口口相传的文学。后一部分文学是前一部分文学的源头，是根性的文学。中国作为东方文明的古国，口头文学的历史去之遥远。就像西方文学始于古希腊罗马的神话故事，我国文学史上第一部作品是《诗经》，即民间口头文学集，这表明口头文学是一个民族文学的源头。在漫长的历史中，这两部分文学一直同根并存，相互滋育，各自发展，共同构成一个民族文化与精神的极为重要的支撑。

中华民族有着巨大文学想象力和原创力。数千年间，各族人民以口头文学作为自己精神理想和生活情感最喜爱和最擅长的表达方式，创作出海量和样式纷繁的民间文学。口头文学包括史诗、神话、故事、传说、歌谣、谚语、谜语、笑话、俗语等。数千年来，像缤纷灿烂的花覆盖山河大地；如同一种神奇的文化的空气在我们的生活中无所不在；且代代相传，口口相传，直到今天。

我们的一代代先人就用这种文学方式来传承精神，表达爱憎，教育后代，传播知识，娱悦生活，抚慰心灵；农谚指导我们生产，故事教给我们做人，神话传说是节日的精神核心，史诗记录文字诞生前民族史的源头。它最鲜明和最直接地表现中华民族的精神向往、人间追求、道德准则和价值取向。中国人的气质、智慧、审美、灵气、想象力和创造力，充分彰显在这种口头的文学创造中。

这种无形地流动在民众口头间的口头文学，本来就是生生灭灭的。在社会转型期间，很容易被忽略，从而流失。

特别是在这个现代化、城市化飞速推进的信息时代，前一个历史阶段的文明必定要瓦解。口头文学是最脆弱、最易消亡。一个传说不管多么美丽，只要没人再说，转瞬即逝，而且消失得不知不觉和无影无踪，所以联合国教科文组织把口头传统和表现形式，包括作为非物质文化遗产媒介的语言列为非物质文化遗产之一。

在中国，有史诗留存的民族并不很多，此前发现的有藏族史诗《格萨尔王传》、蒙古族史诗《江格尔》、柯尔克孜族史诗《玛纳斯》、苗族史诗《亚鲁王》。作为满族民族历史和文化传统的重要载体——“说部”，是满族及其先民世代相传的极其宝贵的精神财富。它最初用“乌勒本”（满语 ulabun，为传或传记之意）指称，后受汉文化影响，改称为“说部”或“满族书”“英雄传”。说部最初用满语讲述，至清末满语渐废，改用汉语并夹杂一些满语讲述。在漫长的历史进程中，满族各氏族都凝结和积累了精彩的“乌勒本”传本，如数家珍，口耳相传，代代承袭，保有民族的、地域的、传统的、原生的形态，从未形成完整的文本，是民间的口碑文学。“满族说部迥异于其他文类，不仅涵盖了口头传统，也吸纳了民俗学中多种民间文艺样式，包容性极强。”

我以为，对于无形地保留在人们记忆与口口相传中的口头文学，抢救比研究更重要。它是当下“非遗”工作的重中之重，要清醒地认识到文化和文明于人类的意义。当社会过于功利的时候，文化良知就要成为强音，专家学者要在抢救非物质文化遗产中勇于承担责任，走进民间帮助艺人传承与弘扬民间艺术，这也是知识分子的时代担当。

让人感到欣喜的是，经过吉林省的专家学者近三十年的抢救、发掘和整理，在保持满族传统说部的原创性、科学性、真实性，保持讲述人的讲述风格、特点，保持口述史的原汁原味的基础上，将巨量的无形的动态的口头存在，转化为确定的文本。作为“人类表达文化之根”的满族说部，受东北地域与多族群文化的影响，内容庞杂，传承至今已逾千万字。此次出版的《满族口头遗产传统说部丛书》为四十三部说部和一本概论。“说部”分为讲述萨满史诗的“窝车库乌勒本”、讲述家族内英雄人物的“包衣乌勒本”、讲述英雄和历史人物的“巴图鲁乌勒本”、讲述说唱故事的“给孙乌春乌勒本”四大部分。概论作为全套丛书的引领，从学术研究的角度对乌勒本产生的历史渊源、民族文化融合对其的影响、发展和抢救历程等多方面深入思考。

多年来“非遗”的抢救、保护、研究和弘扬，已取得卓越的成就。但未来的路途依然艰辛漫长，要做的事情无穷无尽。像口头文学这样的文化遗产的整理和出版，无法立即带来什么经济利益，反而需要巨大的投资和默默无闻的付出，能在这个物质时代坚守下来，格外困难。

文化传统和传统文化不是一个概念，我们的终极目的不是保护传统文化，而是传承文化传统。传统文化是固定的、已有既定形态的东西。我们所以要保护它，是因为这些文化里的精神在新时代应以传承，让我们的文化身份不会在国际资本背景下慢慢失落。

现在常把文化自觉与文化自信并提，这两个概念密切相关同时又有各自的内涵。文化自觉是真正认识到文化的重要性和自觉地承担；文化自信的关键是确实懂得中华文化所具有的高度和在人类文明中的价值。否则自信由何而来？

对传统文化的抢救与整理，不仅是为了传承，更为了弘扬。我们的民族渴望复兴，复兴的重要精神支撑在我们的传统和文化里，让我们担负起历史使命，让传统与文化为民族的伟大复兴发挥它无穷的力量。

冯骥才

二〇一九年五月

目录

《乌布西奔妈妈》的流传及采录始末……001

引　　曲……001

第一章

头　　歌……002

第二章

创世歌……007

第三章

哑女的歌……014

第四章

古德玛发的歌……030

第五章

女海魔们战舞歌……068

第六章

找啊，找太阳神的歌……121

第七章

德里给奥姆女神迎回乌布西奔——乌布林海祭葬歌……147

第八章

德烟阿林不息的鲸鼓声 ······ 204

第九章

尾　歌 ······ 211

附录一

汉字标音满语唱本《洞窟乌春》 ······ 212

附录二

《乌布西奔妈妈》满语采记稿 ······ 216

《乌布西奔妈妈》的流传及采录始末

富育光

在满族民间口碑文学宝藏中，著名的东海萨满史诗《乌布西奔妈妈》，占据着十分显耀的地位。它以雄浑的内容、磅礴的气势，以及古老美丽而传奇性的英雄神话故事，揭示东海早期鲜为人知的珍贵历史，数百年来光彩夺目，一直震撼着人们的心灵。自二十世纪九十年代初部分史诗公之于世以来[①]，便引起国内外学界的瞩目。而且，近些年更有来华访问的外国学者，还同我们赴俄国远东地区踏查锡霍特山乌布西奔洞窟墓地，寻访东海女真人古代文明遗存[②]。

在我国东北白山黑水广袤沃野之外，自古还有一片美丽、富饶而神秘的土地，那便是闻名于世的乌苏里江以东、濒临日本海的古东海窝稽部土地。《后汉书》《晋书》等称，其域“东极大海，广袤数千里”。《满洲源流考》云：其地“负山襟海，地大物博，又风气朴淳”。我国史书中所言之“窝集”“乌稽”“窝稽”等，系指这片土地。“窝稽”，为女真语，即满语，汉意密林之意。曹廷杰《东三省舆地图说·窝稽说》言“今辽水东北尽海诸地……皆称窝稽，亦曰乌稽，亦曰渥集、阿集”。近世史书多用“窝稽”，亦有用“窝集”一词统称。有史可查，自有生民，这里便为中国历朝统属。商周时为满族先世肃慎人生息繁衍之所。《中国历史地图集》中载：唐渤海时期所辖之域，如龙原、塩州、定州、安州、率宾府等治所统理。金代设恤品路、耶懒路，元代设恤品路、鲸海千户，明代设双城卫、喜乐温河卫、牙鲁卫、童宽山卫，等等。《大明一统志》介绍，其域“东为‘野人’女真”，“不事耕稼，唯以捕猎为生”。《珲春史志》亦云：“其民皆依森林以居，恃射猎为生”，足见许多部落长期处于原始氏族母系社会或向父系氏族社会过渡时代。

---

① 见富育光著《萨满教与神话》，辽宁大学出版社，1990年出版，第279—288页。

② 2000年8月，美国詹姆斯教授与王宏刚先生等曾赴俄国远东地区做为期数日的“乌布西奔妈妈之路”的考察。

清咸丰朝之前，乌苏里江以东广大地区，始终是“清政府‘主捕参珠之地’和供八旗使用的‘围猎山场’，归吉林将军属下的宁古塔副都统、三姓副都统以及珲春协领直接管辖”[①]。同时，这里又是吉林等地采取食盐、海参、海菜等海产并与内地通商、入贡的主要资源供应区。沙皇俄国从十九世纪五十年代以来，频繁入境考察，并悍然侵入乌苏里江以东地区，强迫清政府于咸丰十年十一月八日与之签订中俄《续增条约》(即中俄《北京条约》)，把乌苏里江以东直抵日本海的四十多万平方公里中国领土，划入俄罗斯版图。原居住在这里的中国土著居民有恰喀喇、满、赫哲、鄂伦春、乌德赫以及汉人，俄国称其为“华民”“沟民”。因这些土著民众，主要是零散的氏族小部落，多以捕猎、采集、打貂、挖参、捕捞各种海产品谋生。沙俄据为俄领土后，驱逐“华民”“野人”，在火与血的威逼中，满、鄂伦春、部分赫哲人和众多采参药、狩猎的汉人[②]，陆续逃难内迁中国三岔口(东宁)、珲春、绥芬屯等地立业谋生[③]。也有众多山民逃入锡霍特山藏匿生存或改籍，被俄国新编入军屯[④]。

乌苏里江东西两岸，虽然发生历史性巨变，然而，数千年血族关系的纽带却紧紧联系着被分割在两个国度的族人们。在乌苏里江以东俄国境内，保存有无数氏族的大小墓地，氏族萨满教信仰祭址、祭坛，遍布锡霍特山中和滨海岩滩古林，而且众多氏族神话、口碑文学及民族文化实物遗存，触目即是，为人们世代怀恋和崇仰。事实上，自一八六〇年以后的数十年乃至近百年，民间自发的“索原故土”的呐喊与斗争始终未变，以不同语言表述激越的心情，涌现不胜枚举的纪实故事、词话、长歌。有些叙事体词曲，竟达数百句、千句之长。从不同民族(汉族、满族、恰喀喇人)口中，常可听到“妈妈调”和《妈妈坟的传说》。其中，《白姑姑》(或称《白老太太的故事》)，最有代表性。相传，在早有一帮刨夫，全是由关里家来谋生的河北乐亭等地人士，结伙进东海锡霍特阿林刨山参、挖药材、套貂鼠。一下子，走迷方向，钻进了俗称“干饭盆”的黑森林无边的密林，连续三天三夜，转来转去，还是转回到原地方，总也走不出老林子了。偏巧，正赶上连阴雨天，暴雨如注，雷鸣闪电，不少人都累趴下了，心急如火，吃不下去饭，眼看快要病累而死。突然，在深

① 引佟冬主编《沙俄与东北》，吉林文史出版社，1985年出版，第202页。

② 此类史实资料，请参见佟冬主编《沙俄与东北》，吉林文史出版社，1985年出版，第243页。

③ 1970、1972、1975、1984年在绥芬河、东宁、珲春访问记录摘抄。

④ 同上。

夜几声炸雷响后，闪电中瞧见前面高山下有个黑山洞，洞口恍惚有位披白蓑衣的白老太太，在向他们招手。一个人看了认为眼花，有好几个人在闪电中瞧得真切，确有人摆手叫他们。于是，大家都有了勇气，从泥水地上爬起来，深一脚、浅一脚地奔向林莽中的大山口。在闪电中，越看越清楚。白老太太，白发披身，白皮板蓑衣罩在身上，蛮精神，向他们笑啊笑，等他们爬过大沟，攀上山腰，见有座大山洞，洞边榆树和桦树足足有一搂粗细。大伙钻进暖洞，避过了外面暴雨，忙引火做饭。这时，一缕阳光射进洞里，太阳从云里钻出来了。因在山腰，从林海上分辨出了方向。大伙高兴，突然想到救命的白老太太，可是大伙洞里洞外找啊找，不知去向。洞里篝火映照中只见到岩石上有不少刻纹，有白老太太像。大伙惊奇了，都跪地叩头，都传讲妈妈神救了这帮赶山人。又如，《鹿石桩的故事》[1]，相传俄国沙皇兵一次进山撵躲进深山里的中国打貂山民，到晌午，突然看见前头有群梅花鹿，还有个穿白袍子的白发老太太手拿柳树枝，赶着鹿群，在放牧。沙皇兵可高兴极了，认为找到了“华民”藏身处，边放枪边大喊大嚷地追赶。可怎么也追不上，一连在老林里转了几个大圈儿，鹿和白老太太全不见了，原来钻进了锡霍特阿林猎民们的困虎洞里，到处是石桩、石碓、石箭堆，无法前行。这就是在民众中传诵的鹿石桩的故事。

长期流传在绥芬、东宁、珲春一带农村民间的“娘娘调”[2]“妈妈坟”[3]唱词和曲调，尤为突出，其情其意便是咏唱东海人往昔社会生活的长歌古韵。如，前文所述《白姑姑》(或称《白老太太的故事》)，就属于“娘娘调”“妈妈坟”曲调中具有代表性的说唱体故事。从故事内容与流传地域分析，《白姑姑》故事很可能就是《乌布西奔妈妈》在民间早期传播中的母胎传本，或者说是简略异本。《白姑姑》和《乌布西奔妈妈》，都不同程度地揭示了鲜为人知的东海人文景物，不过因时代过久，古曲调散失甚多，已无法稽考，而《乌布西奔妈妈》能够更集中而且突出地保留了古朴的引歌、头歌、尾歌和伴声等咏唱结构形式，也证明其源流古远。这在满族以往民歌搜集中很少见到，是难能可贵的。著名史诗《乌布西奔妈妈》，便是东海女真人古老的原始长歌。她的诞生地和最初传播区，当在今日俄国境内远东沿海边疆区乌苏里江上游、锡霍特阿林南段中麓

① 东宁地区访问那振山、刘纯、关淑琴、刘秉仁讲述摘记。

② 东宁地区访问那振山、刘纯、关淑琴、赵树臣讲述摘记。

③ 同上。

原女真人世居的莽林洞穴遗址。从二十世纪七十年代起，我们曾在我国境内乌苏里江、绥芬河、瑚布图河、穆棱河、珲春河流域，访问满、汉、赫哲等族农民和敬老院里的老人们，搜集到不少东海女真神话、南海号子歌谣、白姑姑故事以及满族谱牒、萨满神谕与神偶等实物。其中，《乌布西奔妈妈》史诗最为古老、完整、系统，有独特优美的咏歌旋律和奇特的传承形式，充分显示了古代东海女真人崇高的智慧和非凡的文化素质，令人赞叹和肃然起敬。在东海女真文化遗存中，《乌布西奔妈妈》堪称最富有典型性和代表性之不朽之作。

《乌布西奔妈妈》史诗的最初搜集，有着不寻常的经历。《乌布西奔妈妈》的流传，在东北东部一带，清以来便有着广泛的声誉与影响。在民众中，黑龙江和吉林多以《妈妈坟的传说》《娘娘洞古曲》《祭妈妈调》等讲述和咏唱形式流传着，并与祖籍东海的满族诸姓萨满《祭妈妈神》的祭礼相互融合。祭神同唱讲《乌布西奔妈妈》相结合，这也充分说明《乌布西奔妈妈》的传承与萨满文化的传播，有着相辅相成的密切关系。据一些耆老回忆，伪满时，日本出于对苏联的惧恶，曾鼓吹讲唱《妈妈调子》《妈妈号子》，客观上对于《乌布西奔妈妈》故事传说的丰富和流传起了作用。一九五九年春，为迎接国庆十周年大庆，我刚从大学毕业不久，被分配到中国科学院吉林省分院文学研究所，参与了由吉林省委宣传部领导、由省文联等单位组办的《吉林民间故事选》《吉林民歌选》的征集与编辑任务。五月，奉命赴延边组织入选内容，在延吉有幸认识朝鲜族著名民间文艺家郑吉云先生。他除介绍州里拟入选《百日红》等朝鲜族著名民间传说的整理情况外，还介绍珲春县春化乡搜集到满族神话故事的消息，其中有《妈妈坟的传说》和少量满族“悠孩子调”歌谣。吉云老师同我心情一样，对《妈妈坟的传说》特别注意。春化乡处于珲春县北去东宁县的路上，在吉林省与黑龙江省交界处，虽属朝族乡，但也居住着几家从黑山头、红旗等地来的乡民。故事和歌谣是采风中由他们口中搜集的。这在当时，满族民间故事尚数很少面世、被人关切的情况下，此线索怎能不深深刻入我的记忆中？我返回长春后，便向时任省文联副主席的马琰同志汇报了延吉工作情况，特别是讲了发现稀少的满族故事线索的事。马琰同志是位老革命、老妈妈，慈祥和蔼，很关心年轻人的成长，甚体贴人心。在她的鼓励与准许下，我二访延吉，想详细了解故事内容和线索。吉云老师鼓励我去当地考察。当时珲春地属边境，没有特殊通行证不准进入。要真正弄清楚满族故事的流布实况，需要花费时日和寻访许多穷乡僻壤，办理通行证尤需时间。我直到八月通化调查任务完毕后赴延吉，在州文联帮助下赶到春化，找到故事提供者赵文友师傅。通过赵师傅认识了他七十多岁的老父亲赵福昌老人。他们父子是前两年刚从黑山头搬过来的。赵福昌老人向我概略讲了听他阿玛（父亲）讲的《妈妈坟的传说》，已记忆不详。我因编务甚紧，当晚搭军车返延吉回长。

我对《妈妈坟的传说》怀有特殊的钟爱之情。在为国庆献礼忙于整理杨靖宇将军抗联传说[①]的同时，还到图书馆翻阅过东北史的资料。我凭着往日采风的经验感觉，认为不该放弃《妈妈坟的传说》的调查，应继续寻访尚能了解到的更多线索。但由于工作范围所限，只好先放置下来。一九六二年我赴延边采访之机，多次见过吉云老师，仍未敢轻率动笔整理《妈妈坟的传说》。一九七一年夏，我被抽调到东北输油管线吉林省建设工程指挥部协助办报，有幸结识了黑龙江省军政领导、大庆石油管道的工程师和成都来的工人朋友们，唠家常、摆“龙门阵”，了解不少东宁线索，勾起我搜集这个故事的决心。在他们热情引荐下，我利用春节假期去东宁地方采访。寒气袭人的车厢里，没几位旅客。我抵绥芬河方知，去东宁从北寒下车最近便。大年初一，北寒小站根本没有公共客车，山路全凭徒步走。春风料峭，砂粒雪打得难睁眼，密林山道积雪没靴，夜宿新屯子大车店。女店主知我去东宁镇，关心地说：“山路常见到狼。明早等等顺道的拉脚马车，搭个伴儿再走吧。”初二清晨，女店主煮热饺子，我吃饱就上路了。一路行人甚少，傍晚赶到东宁。正月初三到狼洞沟、小乌蛇沟、祁家沟，走访满族遗老和汉族群众。接着，我住到大肚川、闹枝子沟，认识了刘秉文先生。刘先生祖上曾在三姓（依兰）副都统衙门做过管粮师爷。他介绍东宁一带也包括珲春等地，《妈妈坟的传说》的叫法很多，更多的人知道《白姑姑》的名字，建议我去访问一位姓鲁的人。他伪满时在一个山村小屯里教书，学生少，也算是位校长，听说他能讲《白姑姑》，会唱“乌布西奔乌春”。这个消息对我是莫大的鼓舞。刘秉文老人叫儿子骑自行车送我。风雪路，又是傍黑天，我很感动，晚上十点多钟赶到转角楼。谁知鲁老在泡子沿大女儿家过年。小伙子又骑车送我到泡子沿屯，欣喜见到了鲁老师。

---

① 杨靖宇将军抗联传说《天池水》《常年麦》《一瓶还阳酒》评为1959年吉林省民间故事一等奖，收入吉林人民出版社同年10月出版的《吉林民间故事选》。

鲁连坤，字雨亭，清光绪三十二年生，其祖先是名副其实的“东荒片子”人，自称赫哲后裔，姓勒穆赫氏，汉字多用“鲁”或“贺”姓，祖居兴凯湖南支窝稽岭。清康熙朝编入新满洲，隶属宁古塔副都统衙门(后归依兰)，满洲镶红旗籍，乾隆十九年分拨珲春一带。连坤祖父在同治朝依兰副都统衙门内任管贡差。连坤父满汉齐通，为人耿正，光绪末年分掌开垦田庄要任。鲁连坤民国末年穆棱中学读过书，有股爱乡土的激情，喜好在民间搜求古俗民谚，爱酒好歌，是一方民事通。东宁旧名三岔口，属交通要衢。早在清咸丰十年签订不平等的《北京条约》前，内地人要进入东海窝稽部“东荒片子”，这里多是必经之咽喉要地；也是自古以来东海“林中人”，远到三姓和吉林乌拉经济交往和送贡差的通道(除此，还有伊曼河、岩杵河等关隘)。清宣统年间东宁设东宁厅，民国年间立县，县治所设在三岔口。据鲁老介绍：三岔口在瑚布图河右岸，河水虽不宽，确是两国界河，对岸便是俄国远东滨海地区。清末民初，三岔口算是闻名繁华闹市。商号林立，有饭馆、烧锅、肉铺，各样叫卖绸缎、山货、海鲜、兽皮的生意人，处处可见。窄巷里还有茶社，演唱传统评书和当地“号子鼓”(即“东海段子书”)。当地文化多样，居民杂有满、汉、恰喀喇、高丽、赫哲人等，各操各自语言。教私塾者必得通晓多种语言，否则交易授业受累也。民国年间三岔河一带社会稳定。进入日伪时期，东宁成为对苏“前哨”，军警宪特如云，清乡拼屯，许多老户远避内地，固有习俗整肃殆尽。鲁老便是在上述氛围中，苦度半生的一代东海满族后裔。新中国成立后，他耕点地，做点小生意，屯里人尊重他，称“鲁老师”。他闲暇时，写过备忘的《东海传》《我所知的‘跑东海’‘跑南海’》《奕山罪责录》等，不少文稿被人随意讨走，也不介意。他生活清贫，在他住地，我见到几张被撕毁的《东海歌汇》残页，很可惜。《乌布西奔妈妈》一类长歌，在东海女真人流传中不属孤本，有些曲目散落民间，慢慢销声匿迹了。

鲁老六十七岁，已满头白发，患有肺气肿病，冬天咳嗽不止，但精神尚好。我们俩相见还很投缘，他让我同他住在西屋里间小炕，叙谈方便。当晚，我请鲁老讲述他所知道的乌布西奔妈妈故事。在我热切恳求之下，他谦逊地说：“人老了，好多个年头不动笔啦，也不说一句满洲话，故事快忘净啦。你打老远儿地方来也着实不容易啊！我唱是不能啦，那就凭着记忆尽量给你讲我家的《乌布西奔妈妈》。”我怕他累着，可他几次不让我打断，凭着他谙熟的记忆和可敬的口才，三天三夜，鲁老尽力满足回答我要想知道的《乌布西奔妈妈》故事，讲得很细很多。我在聆听和速记鲁老唱述时，被故事吸引了、感动了、迷醉了，我的认识也在改变着。很令我钦佩的是，鲁老熟记很多满语，但终因岁月久远，老人家又长年不讲，数千行的满语长歌，经反复思索回忆，仅讲《头歌》《创世歌》《哑女的歌》诸段落，其余满语歌词已追忆不清。为保存全诗完整性，在鲁老提议和指导下，我除用汉字记录了前几段满语内容外，又记录了鲁老的汉语讲述的完整《乌布西奔妈妈》。我最初认为《白姑姑》是满族民间常可听到的普普通通的一个传说故事，后来又认为是难得见到的一首满族民间叙事诗，经过连续听了动人肺腑的讲唱内容后，我的认识产生新的飞跃。

长诗故事《乌布西奔妈妈》是在满语久被社会遗忘的状况下，难能可贵地依然保持早年的满语传承，这却是我事先根本没想象到的。我从小生长在黑龙江畔满族聚居区，聆听老人们用满语讲唱《天宫大战》和《音姜萨满》(即《尼山萨满》)，此刻听到情韵相似的《乌布西奔妈妈》，倍感亲切。这首长歌饱含雄浑磅礴的咏唱情韵，囊括众多远古神话及氏族部落漫长的历史生存跨度，堪称北方罕见的民族史诗，确是满族珍贵的稀世珍品，她可与我国南方一些兄弟民族世代咏唱的“古歌”媲美，由衷感激鲁老对民族文化的贡献。

鲁老说：“《妈妈坟的传说》，也就是《白姑姑》或叫《乌布西奔妈妈》，都是祖上早些年从‘东荒片子’带过来的。俗语说得好，故土难离啊！长辈们一腔思乡离怨，常好三五成群凑到一块儿，没早没晚地唱着跳着《乌布西奔妈妈》中的歌舞，才感到安慰舒畅。时光如梭，后代人耳濡目染，也能跟随大人们顺口讲上几段儿。现在几代人过去了，《乌布西奔妈妈》也传开了。在绥芬河、东宁、穆陵、珲春一带满汉老户人家，都知道乌布西奔妈妈，很敬重她。早年在萨满祭祀、婚寿、节庆时，偶尔有老辈人给讲唱。不过近十几年来，这样的举动早没处见喽。”鲁老告诉我，“《白姑姑》的叫法，是民国年间来闯大荒片子刨参打貂的关里家汉人弟兄们起的名称。我们是旗人，还按老样子用满语原词，更亲近多了。在早，我阿玛讲唱时就叫‘乌布西奔妈妈’，当时这么听的。”我问：“乌布西奔啥意思？”鲁老说“乌布西奔按满洲话解释，就是最聪明最有本事的人。她是一位很了不起的女萨满，后来成了一方女罕王，治理东海有方，后人齐声称赞她。”再问他是怎么传下来的。他说：“远了我没啥考证，偏远地方也找不到像样的什么书可参考。反正我知道，我是打小跟我阿玛学的。阿玛好讲好唱，我打小听习惯了也就慢慢熏会了。阿玛是跟奶奶学的，就是我的太奶奶。太奶奶娘家东海库雅喇人氏，姓孔，东海部的人。前清初年，跟老罕王努尔哈赤进关，后来有一支人奉调回宁古塔副都统衙门听差。咸丰朝后有人驻到海参崴做俄罗斯国通事。《乌布西奔妈妈》就是这些前辈从当地土著人口中采集得来的。”鲁老特别向我讲述《乌布西奔妈妈》能够有幸传承下来的有利条件。他攀着手指如数家珍般地告诉我说：“刘秉文祖父刘西禓，清光绪年间依兰三姓副都统衙门笔贴式，会俄语，知道乌布西奔长歌；还有位关正海，长白纳殷瓜尔佳氏，东宁老户，是清光绪年间三姓副都统衙门中重要阁僚，通俄语，也讲过乌布西奔。”“刘秉文家三代传《乌布西奔妈妈》，他们祖上生活在苏昌沟东，靠东海南角湾，所以讲述中乌布西奔海上东征故事和神话掌握最多；我家祖居乌木逊故地，大约是在乌布西奔妈妈当年生活的锡霍特山中麓，记载乌布西奔妈妈治理内陆山河、统一七百嘎珊故事多些。随着时间推移，讲唱乌布西奔妈妈故事内容相互融汇成如今这个样子。现在，刘姓家族还有人能知道一些，关氏后人已迁走情况不知了。我家有讲乌布西奔妈妈的传统，从太奶奶算起至少四代传人啦。”接着，他深情地说，“斗转星移，沧海桑田。今日能吟咏乌布西奔，盖先辈用心良苦啊！”鲁老还讲，“乌布西奔妈妈唱段带过来后，并在北方满洲人生活的地方传讲，影响还是挺广的。从我了解中得知，早年在穆陵、绥芬河、珲春一带满人老户中都零零散散听到过，有长有短，大同小异。”当我郑重提出“乌布西奔妈妈”故事可靠性的成分比重时，鲁连坤先生笑着从他书架中，抽出大册《珲春县志统稿》，翻了翻，手指着一段书中文字，告诉我：“产生‘乌布西奔妈妈’故事的时间，虽然离我们挺远了，仔细推敲起来，故事是可信的。从当地满族老人传闻或从《珲春县志》等史书看，乌布西奔故事是一四一六至一四八七年间，发生在锡霍特阿林（山）南麓、近东海海滨一带原始母系氏族部落时期。当然，故事最初流传还要比这时间更早得多。诗文所述时代背景，正是大明朝成化年间前后，东海各部连年纷争，又逢黄河洪灾，冀鲁豫‘担民’出关流窜滨海，当时是社会最为动乱时期。故事就是颂扬当时众部落中威名显赫的乌木逊部落女罕乌布西奔的非凡一生。这是歌颂本部族的英雄史和创业史。满族世代虔诚敬仰萨满，歌颂祖先勋业。凡是从乌苏里江以东迁居过来的满族众姓族众，都没有扔掉一个老规矩，那就是每年春秋举行萨满献牲例祭时，都要先东拜，祭奠妈妈，要给妈妈叩头，祭海神，祭妈妈神，祭祖先神和所有众神。听我们太奶奶讲过，东海妈妈神群就包括乌布西奔女罕。”

鲁老又列举《珲春县志·艺文》中的诗文讲：“珲春编志是在民国十六年，县志编纂人士曾几度访问东宁故老，我阿玛也在被造访者之列。孟瑞棠诗作便是由东宁推荐的。孟瑞棠先生满洲瓜尔佳氏，祖籍珲春人士，其先人清代在珲春副都统衙门任过笔贴式。孟瑞棠民国十四年调绥芬厅教育局任职。孟瑞棠的《仙峰立笠》收入《珲春县志》。《仙峰立笠》诗云：‘群山南向似朝宗，通肯分支第一峰。绝顶云浮疑笠戴，悬崖石印认仙踪。芒鞋遍踏临危岫，絮帽遥披隐亦松。想望丹霄天日追，古今不改大罗容。’”鲁老认为，孟瑞棠这首七言绝句，正是反映讴歌东海女主乌布西奔妈妈的情怀。诗中深情表述乌布西奔功绩被后世镌刻山洞之中，“群山南向似朝宗”，缅怀‘仙踪’，崇仰勋业，“古今不改大罗容”，寓意纵然故土易帜，后世不会更改祭拜的情怀，写出诗人的激情。《珲春县志》还载徐宗伟《红溪晚眺》一诗，其中有“古渡浣衣女，登山怀古篇”名句。鲁老认为乌布西奔初乃“天降哑女”，给人熟皮浣衣，经过多方磨难才被推戴为大萨满的。“登山怀古篇”，正恰是抒发对乌布西奔妈妈的怀念。鲁老还吟起一首早年流传在民间的无名氏古歌：“旭阳东起照海红，天柱东西埋冤骨。峰峦常绿妈妈谷，白云千载奠神窟。”古诗生动深沉，讴歌了乌苏里江以东先人魂骨，后裔悲离，只留下旭日每天去照料和抚慰。锡霍特阿林英魂不朽。高山如天柱，白云如卫士，护卫着乌布西奔妈妈墓地神窟。

后来，我回长春仔细查阅过《珲春县志》[1]，确见有东海女真人“祭妈妈神”记载：久居东海的库雅拉氏，“原居东海一带。祭妈妈（系东海肃慎女主），位北，南向祭祀无一定年月，陈满洲之祖，则为公共之神主，与清室四季之致祭大同小异”。我遵照鲁老嘱咐，访问珲春、吉林等地祖籍原居东海故地的满族尼玛察氏（杨姓）、何舍里氏（何姓）、扈伦瓜尔佳氏（关姓）、钮祜禄氏（郎姓）、郜塔喇氏（郜姓）等家族，家祭皆祭妈妈神，多在夜祭。在吉林省珲春市板石乡何舍里氏萨满何玉霖珍藏的神谕中，满语记载着背灯祭迎请首神是“德利给莫得里妈妈额真”（东海神主）。在众多东海神主中有一位尊贵女神叫“鄂莫锡妈妈珊延姑姑恩都力”，即

---

① 《珲春县志》已由吉林文史出版社于1990年列入《长白丛书》（四集）中再版，书名《珲春史志》，可参阅。

子孙妈妈白姑姑女神。声名显赫的白姑姑在何舍里氏家族位尊子孙娘娘的高位。族人传讲她就是民间仰慕的吉林地区永吉扈伦瓜尔佳氏萨满神谕中有众多“格赫妈妈恩都力”。这些女神有部族女罕大神、传播生育大神、赐降籽种大神、统御兵勇无敌战神。莽卡满族乡尼玛察氏家族萨满杨世昌，在“背灯祭”时所唱的“祭妈妈神”神歌，神秘而富有特色。祭时，星斗出齐，杨大萨满端坐室内木凳上，助神人将萨满双手朝后交叉，用细绳捆紧两手的大拇指。室内闭灯，一片黑暗静谧。他满怀深情地唱“请妈妈神”神歌，韵味跌宕，哀婉动心。在族众陷入虔诚沉思之中萨满被捆紧的绳扣豁然开解，妈妈神灵来到杨姓子孙中间。

鲁老虽患陈年气管哮喘病，冬日不能出舍。女儿时时劝他说话不要声大，怕他累着。但他精力充沛，看得出是一位很认真对待民族文化的要强老人。他从衣柜里掏出一大本厚厚的笔记簿，原来是他经年珍藏的传本。有满汉文字，也画些各式符号图案。他记忆力好，嗓音洪亮，能对着图唱。出于对本民族文化的崇仰和抢救濒危文化的认同感和责任感，我与鲁老很快成为同族挚友。我与鲁老一九七二年春节和一九七五年十一月[①]还有过四次叙谈。在鲁老慷慨支持下，录记了《乌布西奔妈妈》鲁氏家传全稿。我衷心感谢鲁老对民族文化的热诚关心。一九七五年身边仅有的爱女早逝，女婿又遭车祸亡故，过继子关系不融洽，生活连遭打击。令我无限伤痛的是一九七六年春节后鲁老先生因肺心病突发辞世，享年七十岁。

《乌布西奔妈妈》为东海女真人民间叙述体说唱形式长诗。史诗根据其部落名称“乌布逊部落”[②]分析，当为金元时期古文化遗存。但从其所述内容看，产生年代则远在金元之先。史诗传承特征，从鲁老介绍和所获得的岩画图形文字分析，大约最初是完全依据本氏族部落中的乌布西奔身边的萨满和主要主事人，遵循乌布西奔遗训，在举行隆重海葬后，将其业绩镌刻在东海锡霍特山脉临近海滨的德烟山古洞中。全诗生动感人地记载了东海广袤地区氏族部落母系时代以及从母系社会进入父系时代门槛漫长时代的社会历史，记述原始社会人类走向文明进程中众多社会历史文化形态实况、祭礼、信仰、观念、古俗，淋漓尽致，像一幅斑驳陆离、栩栩如生的历史生活画卷，全诗尽情讴歌了东海的秀美和物产的

① 1975年冬接鲁老信，知其女儿已病逝，笔者赶去安慰老人数语，因事速回，竟成了诀别。

② 在《黑龙江乡土录· 金姓表》中提到女真白号姓的“温都逊”，或叫“温古孙”，乌布西奔中的“乌布逊”即此音转。

丰饶，记述众多东海岛屿植物、猛禽、百兽、鱼族、奇花、灵药，又宛若一部东海人文地理百科全书。全诗不仅纵情赞美乌布西奔女罕为东海部族文明和发展所做出的贡献，更颂扬她为寻觅太阳之宫，五次航海东征，无畏无惧，进入伊曼、鞑靼、苦兀、堪察加、劳坎，一直北进到白令海南域，最后因急症病死海上，结束了她奇幻多彩的一生。联想意大利著名航海家哥伦布一四九二年发现美洲新大陆，恰在我国明孝宗弘治五年，而乌布西奔率队北上航海的壮举，比哥伦布还早。乌布西奔堪称我国北方少数民族传说中一位寻求光明的海上探险家。

《乌布西奔妈妈》传承形式富有传奇性。民间和本诗中均传讲，全诗并不以文字形态流存于世。是以独特的象形符号，如虫蠕鸟啄，刻痕深浅不一，大小不等，由上而下，镌刻在锡霍特山神秘洞窟之中。符号图画便是长诗故事的主要提示。东海众氏族萨满们，只要依图循讲，便可讲唱起来。随着部落人口日增，产生氏族分支，咏颂祭奠仪礼传袭不衰。十九世纪中叶后，原居住地的东海各族难民，迁回乌苏里江、绥芬河西侧并深入珲春河、布尔哈通河、穆棱河、嘎呀河等中国内地生活。《乌布西奔妈妈》故事，也随之远离锡霍特山麓原始洞穴的岩画母体，而带入中国东北内地，后世萨满全凭背咏，在原流散氏族和广大原居东海的各族难民后裔中传讲着。全诗为满语传唱，后因萨满代代去世，满语废弃，民国以来习惯用汉语讲。传播中形成不少《乌布西奔妈妈》变异故事，有说唱形式的，也有叙述体的，其中，鲁老传承下来的《乌布西奔妈妈》，最具有代表性。全诗六千余行，分“引曲”“头歌”“创世歌”“哑女的歌”“古德玛发的歌”“女海魔们战舞歌”“找啊，找太阳神的歌”“德里给奥姆女神迎回乌布西奔——乌布林海祭葬歌”“德烟阿林不息的鲸鼓声”“尾歌”十单元，夹叙夹唱，保留丰富的东海神话与古俗，具有强烈的艺术感染魅力。

在《乌布西奔妈妈》史诗记录手稿初得时，我们首先得到爱辉地方通晓满语的吴宝顺、祁士和、富希陆诸位遗老帮助，热心从事语言的译注和民俗的勘校，使长诗更加完美光彩。这些德高望重的老人们和讲唱者鲁老一样，虽然均已谢世，但为我们留下的民族文化瑰宝，却永远铭刻在我们心上。一九八〇年以来，我们在北方民族文化田野考察中，继续关注《乌布西奔妈妈》等著名民族文化遗产的调查与搜集工作。特别是承蒙国内著名民族学家、民间文艺理论家、满学家贾芝、王承礼、郎樱、张璇如、傅英仁诸先生指导帮助，始终赴乌苏里江上游西岸一些村屯和吉林省珲春考察，广泛征集明清以来东海女真人文化遗物，得到一尊古东海人航海中随供的裸女鱼身海神铜像，与乌布西奔妈妈长诗中所奉祀的女神极其吻合，很有研究价值。另在珲春县板石乡满族何姓萨满手中，获得《乌布西奔妈妈》满文传本[①]及赶海歌谣等，对《乌布西奔妈妈》的翻译与研究亦大有裨益。一九九〇年以来，王宏刚、郭淑云等先生对《乌布西奔妈妈》的传承与民族学价值，亦做了大量调查与研究工作[②]。近年，烦劳高新光先生做了《乌布西奔妈妈》史诗的满文译校和誊抄事项。正是在先辈和众多挚友同心协力之下，才使沉睡的东海古老长诗得以问世。我们谨向对史诗给予多方帮助与支持的所有人士，致以最诚挚的敬意与谢忱！

① 一九八四年我们在珲春板石村访问何玉霖萨满，在他咏唱的东海歌谣中竟然听到唱乌布西奔妈妈的歌，并喜获汉字标音满语的“唱妈妈”手抄件一本。

② 郭淑云在《黑龙江民族丛刊》发表《满族萨满英雄史诗〈乌布西奔妈妈〉初探》一文，获吉林省长白山文艺提名奖。《满族史诗〈乌布西奔妈妈〉研究》，列入二〇〇一年国家“十五”社会科学基金研究项目。

引　　曲

德乌勒勒，哲乌勒勒，
德乌咧哩，哲咧！
巴那衣舜奥莫罗，
巴那衣舜奥莫罗，
沃拉顿恩哥，沃拉顿恩哥，
恩都里嘎思哈沃拉顿恩比，
恩都里嘎思哈沃拉顿恩比，
沙音沃尔顿，
沃尔顿巴那，
乌布西奔妈妈布离。[①]

① 引曲是满族民间大型古歌中惯用的引子。它以激昂悦耳的长调为主旋律，起到调动群情，收拢众心的良效。本诗引曲与尾歌，均采用原唱颂的满语，大意是：

大地上太阳的子孙，
大地上太阳的子孙，
光辉呵，光辉呵，
神雀送来光辉，
神雀送来光辉，
美好清晨，
清晨大地，
乌布西奔妈妈所赐予。

第一章 头 歌

德乌勒勒，哲乌勒勒，
德乌咧哩，哲咧！
在群鹊争枝的东海岸，
在麋鹿哺崽的佛思恩霍通，
在海浪扑抱着的金沙滩边，
在岩洞密如蜂窝的群峦之间，
在星月普照的云海翠波之巅，
乌布西奔的业绩，
乌布西奔的英谕，
乌布西奔的足迹，
乌布西奔的天聪，
犹如万顷波涛无沿无际、浩渺无垠。
我弹着鱼皮神鼓，
伴随着兽骨灵佩的声响，
吹着深海里采来的银螺。
是阿布卡赫赫[①]给我清脆的歌喉，
是德里给奥姆妈妈[②]给我广阔的胸怀，
是巴那吉额母[③]给我无穷的精力，
是昊天的飓风给我通天的声音。
萨满的魂灵授予我神职，

① 阿布卡赫赫：天之女，即天母，为满族先世女真人创世神话中原始女性大神。

② 德里给奥姆妈妈：东海女真人古神话中东海女神，其神形为鱼首丰乳裸体跪坐女神，主宰东海最高权柄。

③ 巴那吉额母：即地母，与阿布卡赫赫为姊妹神，同是满族先世女真人崇拜的原始女性创世大神。

唱颂荒古的东海和血海般的争杀，
跪咏神母育地抚族的圣功。
乌布西奔妈妈的伟业，
像吐丝的蜘蛛无穷无尽，
像头顶的长虹横亘沃野，
像飘摇的彩云千里无际，
像脚下的碧涛万顷无涯。
如果神母授我以生命，
我生命的日日夜夜全部咏讲，
咳！只能是讲述乌布西奔妈妈
神武传说的开头。
愿天母授我千人、万人的生命，
恐难讲述东海灿烂的昨天。
在棕熊嬉闹的橡树上，
在松鼠纵跃的松枝上，
在兔群觅食的嘟柿秧上，
在芍药蜜蜂喧笑的丘陵上，
一条天女彩带般的蜿蜒小路，
从天母海葬的崖边，
光闪闪的，
绵绵不断的，
像蛇蚯盘曲，
钻进太阳歇脚的德烟阿林。
这是条神祇的无形之路，
只有纯粹的萨满，才能寻觅。
惰废的萨满，纵有十只双眼，
也难见到这条坦明的小路。

德烟阿林啊，
长睡在天云之怀，
终年岁月漫长的白雾，
洗涤亘古不变的翠岩。
霞映雾霭，

七彩缤纷，
宛如万卉竞现。
神风策使彩蝶，
翩飞着瞭望洞穴，
这里就是神书宝卷安藏秘间。

春，鲭鱼洄游；
夏，杂花环海；
秋，鸣雁喧天；
冬，雪压青枝。
苍鹰百巢，
晨曦虎啸。
怒蟒喷舌，
长鹤柔啼。
梯岩佶屈，
麋鹿匆驰。
右葬三千哈哈[1]白骨，
左葬三千赫赫[2]香躯，
龟蟒兽冢罗陈四野，
牲血沃岩隙，
泉汩哀泣。
焚茅为香，
流瀑代酒。
四时诚祀，
鼓号可闻。
穴邃绵延，
其岁何年？
先师自定，
后世安知？
冷径幽深，

---

① 哈哈：满语，男人。
② 赫赫：满语，女人。

潮苔若毡。
篝火不燃，
烟垢涕泪。
匍匐屏息，
豁然洞开。
岩室天凿，
弧形若丘。
穹窿高举，
难摸顶尖。
盲蝠迎客，
振羽呖呖。
齿利爪刃，
鼓令始安。
凸凹穴壁，
壁痕若字。
抚知镂镌，
长长圆圆，
方方正正，
似字非字，
似悟非悟，
似纹似刳，
似神运笔，
似绢抚尘，
百雀啄砾。
万石划绘，
虔者能识。
萨满梦记，
星夜问天。
卧石晓月，
餐果饮血①。

① 相传古代计时以星月变移为依据。常卧栖山岩处，观察月的圆缺、星簇位数之后，刻石为记，日积月累，俗成时序。测者守望固址，仅以啖野果饮兽血充饥渴。

冰泉涤身，
可闻天籁神母传音。
乌布西传圣徒，
阿布卡车其克妈妈[1]，
教识镂文，
精传百代。
梅鹿千寿，
沧海桑田。
代代不已，
筑构东海。
灿耀神谕，
圣址勿忘。
诚祀永年，
日月辉辉。

① 阿布卡车其克妈妈：满语，天雀，即云雀。相传天雀也是阿布卡赫赫身边的助神，向人间频传智慧。

第二章　创世歌

德乌勒勒，哲乌勒勒，
德乌咧哩，哲咧！
鲜花为什么开？
是有太阳的光照。
百树为什么繁绿？
是有地水的滋育。
东海为什么浩阔？
是天母梳妆招来的百源。
鱼群为什么旺游？
是天母造化的生机。
在不知岁月、不知年代的古昔，
东海滨没有花果，
没有涧溪，
没有林木，
只是一抔凋败的黄土。
无声无息，
像枯瘪的柏枝，
死一样沉寂。
又不知熬过
多少日出日落，
忽然，
天降白冰，
冰厚如山，
银色的苦寒世纪，
如晶明的寒岩，

照射天穹阔宇。
一天，
东天忽然响起
滚滚的雷鸣。
雷声里，
一只金色的巨鹰，
从天而唳。
鹰爪紧抱着
一颗白如明镜的“乌莫罕”[1]。
巨鹰在冰川上盘旋数周，
将白卵“乌莫罕”抛地，
顿时耀眼的光芒闪聚。
这光芒迅即将雪岩，
融化出一汪清水。
水声汩汩，
喷起堆堆的水泡银珠。
水泡中跃起火燕一只，
红嘴红羽，
在冰川中穿梭不息。
寒凝冻野，
冰枪雪箭，
威压火燕。
火燕被清泉荡涤，
毛羽净消，
化成一位鱼面裸体的美女。
鱼面美女随冰水滚动，
灼热身躯使冰河越融越宽，
幻成万道耀眼的霞光，
覆盖冰野之巅。
照化冰山、冰河、
冰岩、冰滩……

① 乌莫罕：满语，鸟蛋。

寒苦的东方，
从此凝生一条狭长无垠的狂涛。
因她是裸体鱼面人身神女，
疲累中，头仰北方，
足踏南海，
在陆地上化成了
一条橄榄形奔腾的海洋
——东海。

火燕幻化神女时，
竟忘阿布卡赫赫百般叮言：
“你降世送福，
融暖冰山、冰川，
苏醒万生，掘地造海，
务要紧束发髻，
切不可让光发蓬松零乱。
若忘谬吾谕，
必将难返我的九霄神楼，
遗恨成深渊般的灾难！”
火燕本是阿布卡赫赫侍女日神幻化，
天性勤勉忠憨，
只顾践行天母命她为世间造海，
哪来得及管神光如日的发髻散乱。
发髻是她——日神光毛火发，
本应可以照穿冰野，
豁开海洋，
重返天庭神坛。

德乌勒勒，哲乌勒勒，
德乌咧哩，哲咧！
阿布卡赫赫嗔怪惋惜火燕笨拙，
将其永留海底，
化作千道海沟，

永世不得幸睹晨曦。
火燕身躯虽融入东海，
但耀眼的光发未能束成一团，
飞落东海东西南北的林谷沟溪。
神燕羽毛乃天穹侍女，
不甘心大地的荒寂，
日夜争吵叽叽，
互不和睦团聚，
厮拼着征掠同伙，
希冀着独树雄旗。
千载滨海，
忧患不息，
黄金海滩成为白骨的墓地。
海滩滋生着迎日莲①，
冬夏常青，
成为东海特有的瑰宝。
在百崖的顶端，
三只神蝠扇舞着石上一朵白莲，
莲花绽蕊怒放，
翠枝轻盈挺拔，
这是圣母拓宇的符号。
莲瓣是神羽所化，
一片方舟似的莲瓣位在东方，
化成红毛身形的部落；
二片长形方舟似的身形的莲瓣位于南方，
化成白毛身形的部落；
三片圆舟方舟似的莲瓣位于西方，
化成黄毛身形的部落；
四片椭圆形方舟似的莲瓣位于北方，
化成蓝毛身形的部落；

① 迎日莲：俗称“野红花”，又叫“九叶莲”，东海特产。喜生海滩岩石缝隙中，丛生，矮秧，开红花，细长红茎，泡水中如血，为补血奇药。

五片矩形方舟似的莲瓣位于东北，
化成矮人部落；
六片蛇形方舟似的莲瓣位于东南，
化成长足人部落；
七片波纹形方舟似的莲瓣位于西南，
化成独眼人部落；
八片鳞形方舟似的莲瓣位于西北，
化成跳鼠人部落；
九片柳叶形方舟似的莲心位于天宇之中央，
化成生育万物之阴。
阔宇海疆，
无边山岭，
枝莽岩滩，
古洞海涛，
还有天上飞旋的众禽，
地上奔驰的诸兽，
穴中游蠕的百虫，
溪涧穿梭的鱼虾。
苍苍隅隅，
天茫海阔，
一切生命，
赋予无尽的精神之源；
一切心孕，
饱含不尽的再生之本。
日出日落，
星升月陨，
气漫峰蒸，
东海，妈妈的海，
东海，丰饶的海，
东海，生命的海，
东海，不息的海。
这是萨满百代神主的福托，
这是萨满百世生命的荫庇；

这是阿布卡赫赫赐予的抚宠；
这是乌布西奔妈妈承受天意的呕心血品。
九片莲瓣生灵，
各居福地，
繁衍永继，
承嗣昌荣。
然而，
像东海的涛浪，
波涛不息，

像海边的古林，
浩瀚摇曳。
像蛇蟒总要吞食怜弱的蛙蜥，
像贪嘴豺狼总是狞对奔驰的麋鹿。
像大肚查鲢鱼胀破肚皮还死咬阿枪小鱼。
像贪嘴的大头乌鸦，
喜夺食白云飞渡下高山“女儿蜜”[①]
咀嚼得香溢满口，永不知歇。
怀崽的母鹿群漫山奔叫，
向狂舞的乌鸦悽怆地抗争。
使舒谧的东海疆土，
争吵、贪战、厮杀，
欲念放纵，
无休无尽，
像德烟阿林生长的马轱辘蔺草，
千藤合抱，
百茎相缠，
孰能梳理廓清？
纵使阿布卡赫赫派下百位神明，
也难平服东海世人的攻讦；

① 女儿蜜：一种生长在东海山崖上的草本植物。相传其紫色果实，鹿崽喜食，香甜有汁，食之若奶，鹿吃可生越涧神力。

纵使阿布卡赫赫派下百位萨满，
也难荡尽东海世间的凶残。
东海土氓俗称“跳鼠人”[①]，
散生众岛，
居无常林，
隆背罗腿，
鹰手鹞睛，
攀岩如飞，
泳海如龙，
子孙海盗，
嗜杀成性，
迅如暴风，
百人难擒。
跳鼠人是锡霍特阿林[②]贪婪的罪源，
世道混乱总逃不脱对他们的怒喊。
七百嘎珊[③]，
遍地狼烟，
难道有谁堪称东海创世的圣罕？

① 跳鼠人：满语“兴根雅玛”，对当地居住在林莽山野中的野民的蔑称。
② 阿林：满语，山。
③ 嘎珊：满语，屯。

第三章　哑女的歌

德乌勒勒，哲乌勒勒，
德乌咧哩，哲咧！
千古年来的温馨海风，
养育了东海人的禀赋。
一世世，一生生，
男女老少习于裸露最美的肉身，
——是阿布卡赫赫赏造的躯魂，
是太阳神哺育的丰伟英俊。
东海男女俗呼“比干尼雅玛”，[1]
——锡霍特阿林无拘无束的掩发野人。
男女个个体魄悍俊如虎熊，
相遇必以“布库”[2]争雄。
尊者所求，卑者必应，
背负尊者上下岩崖若飞，
常缚鹿擒隼不言重。
寒季，身披茅蓑、羽服与皮裘，
盛夏，枝叶围胯，赤身光足而行。
众女俗习丝麻、小皮蔽阴，
丰乳垂露，长发飘然。
群男赤身裸腱，
同女人们嬉舞从不遮掩。
东海人理念尚美，

① 比干尼雅玛：满语，野人。
② 布库：满语，摔跤。

遮裸为羞，遮阳为懦，
赤裸健肌，阳壮猛男。
常以赛美竞雄长，
伙聚海滨沙滩，
肉搏血拼，
凶顽无双者为“珊音哈哈[①]”，
推当东海人生涯的靠山。
三载再搏，
循环往复，
代代辈有英雄现。

东海男人自古兴文俗，
褐泥、硅土涂身，
骨刀刺肤，
文留花鸟兽装。
除双眼，全身以文饰为衣，
远观，宛如穿多彩贵服花裳。
各岛野民相逢、相连、相争、相抗，
以文图、哑舞言讲。
若逢病祸杀掠，
更以呼号高扬，
长歌长调撼山岗，
忽而攀树，
忽而跃海，
拜天叩地，
声动疯狂……
若群氓失主，
啼号哀伤，
篝火葬尸，
骤聚饥狼。
夏巢，冬窟，

① 珊音哈哈：满语，好男儿。

虎害，洪淹，
恩都力[1]耶，
——可怜惜东海的哀怨？
恩都力耶，
——可悲悯东海的惆怅？

德乌勒勒，哲乌勒勒，
德乌咧哩，哲咧！
阿哥耶，阿玛[2]额真耶，妈妈额真[3]耶，耶依耶耶，
依耶离哩，依耶离哩，登吉乌春耶，耶依耶耶，
无边的山岭，无边的海洋，无边的白云彩耶依耶——
无边的林丛，无边的石岩，无边的浪涛耶依耶——
我用洁白的桦树嫩皮，做了嘹亮无比的口哨；
我用洁白的海螺嫩壳，做了震耳无比的口笛；
我用洁白的翎羽嫩毛，做了清脆无比的口琴；
我用洁白的海石水晶皮，做了优美无比的口铃。
哨啊，笛啊，琴啊，铃啊，
嘹亮无比地响吧——娜耶耶，
震耳无比地响吧——娜耶耶，
清脆无比地响吧——娜耶耶，
优美无比地响吧——娜耶耶，
娜哑，娜哑，娜耶耶，依呀，娜耶耶，
各位乌布林的赫赫依耶，哈哈依耶！
我虔诚颂唱——
最神圣无比、尊贵无比、亲密无比、慈爱无比——
东海妈妈，恩都赫赫哩，
东海妈妈，奥姆赫赫哩，
东海妈妈，安巴顺赫赫，喀勒登哩——
我要放声歌唱德力给奥姆妈妈，
我要纵情高歌女神的慈祥与恩泽，

① 恩都力：满语，神。
② 阿玛：满语，爸爸。妈妈：满语，奶奶。
③ 额真：满语，主人、主子。

在她勤勉执掌东海的光明岁月里，
在她威武主管东海的昼夜时光里，
在她苦心谋求东海的黎庶福祉里，
普济众生，爱心永存。
德里给奥姆妈妈，
是众神对她的尊称。
她同太阳相随相伴，
主管着天上的太阳，
黎明旭日升入高天巡行，
傍晚落入大海胸怀安歇。
主管着寰宇永世，
兴旺、温暖、康寿、吉祥。
主管着世人禀赋与心胸，
万物全凭依她的恩养，
才世代绵延永恒。
东海，全凭她的润濡，
才世代汹涌澎湃。
她平时喜睡在，
浪涛喧嚣的海上，
如万鼓齐鸣，
如万马奔腾，
如山崩海啸，
如雷霆万响。
她平时喜化形女身裸体，
鱼首丰乳，
安坐鼓上，
这是人、鱼、海、鼓的幻化神像。

德乌勒勒，哲乌勒勒，
德乌咧哩，哲咧！
天地初开之时，
阿布卡赫赫鏖战恶魔耶鲁里，
不慎被耶鲁里擒缉。

在最危难时刻，
地母巴那吉赫赫，
用口水喷射耶鲁里。
耶鲁里被狂热地泉惊遁，
躲隐入小岛屿，
使阿布卡赫赫无法辨识。
地母口水恰巧滴落在神鼓上，
化形出一位半坐在鼓上的，
鱼首裸女大神——
德里给奥姆妈妈。
巴那吉赫赫无比欢喜，
请星辰小妹卧勒多赫赫女神[1]
将这面奇妙神鼓，
迅交天母阿布卡赫赫驭使。
天母炯炯日火照育神鼓，
顿使鱼首裸女焕生双倍伟力。
阿布卡赫赫击响神鼓，
天地摇撼，
海啸、山崩、雷鸣，
震得恶魔耶鲁里，
目眩头晕，瑟缩颤抖，
滚进地心熊焰里呼号呻唳。
阿布卡赫赫转败为胜，
使宇宙万物得以生聚。
从此，在萨满铿锵祝祭中，
鱼首裸女奥姆妈妈圣容，
便是东海神鼓上最荣耀的英姿。

东海奥姆妈妈女神，
因是地母巴那吉赫赫口水幻化，

① 卧勒多赫赫：又称卧勒多妈妈，与阿布卡赫赫、巴那吉额母同为满族先世女真人创世神话中三姊妹女性大神之一，排行第三，身披皮褡裢，坐骑九天神鹿，夜夜将皮褡裢里的星辰布满灿烂的晴空，为穹宇星辰女神。

又是阿布卡赫赫炯炯日火凝生。
故此，她具有地母天母，
双神体魄、体魂、
慧目、慈心，
无上神威神圣，
永世给人类播送热与光明。
东海奥姆赫赫女神，
在众宇神之中，
位列在阿布卡赫赫光明大神、
巴那吉赫赫沃土大神、
卧勒多赫赫星辰大神之后，
统驭宇地、海洋、生死、光明，
是尊贵万世的第四位母神。
她身边众多女神，
最得力助手，
便是托日神与迎日神。
托日女神，
怀抱红日，
身骑长鲸，
将旭日托出东海报黎明，
光芒四射，朝气腾腾。
迎日女神，
身骑天鹅，
将海面喷薄跃出的朝日，
举送到苍穹九九八十一个方位，
让舜莫林[1]驰骋寰宇。
两女神接送太阳升出降落，
忠心耿耿，从未怠慢；
刻刻秒秒，从未变更；
千载万代，从不误辰。

---

① 舜莫林：满语，“日马”，将太阳比喻为一匹奔驰的烈马。为满族先世女真人远古创世神话中太阳神别名。传讲，人类靠舜莫林，才有了永恒的光明与温暖，而且它朝夕奔跑，才分出春夏秋冬、寒暑潮汐。

星辰大神卧勒多赫赫身边，
亦有两位重要侍女神——
塔其布离大神和塔其乌离大神，
是阿布卡赫赫与耶鲁里厮斗中，
裂生出来的星辰神，
送给妹妹卧勒多赫赫，
协助她执管天穹，
按时按刻从东向西巡行，
不误一丝一霎的光阴。
塔其布离和塔其乌离两姊妹，
相爱相亲，互济同心，永世难分。
只要托日女神将舜莫林收入海宫，
两姊妹便协助卧勒多妈妈，
把“星星褡裢带”里，
亿万颗星族，
应时送上霄空。
各安其隅，
各享其任；
准时无误，
不差毫分。
卧勒多女神，
是统御星宇神母，
凭赖星光变幻，
晓知宇宙万物，
春夏秋冬。
两姊妹协助神母，
亿万斯年，
执掌光明黑暗更序，
心久相通，
情同股肱。
在阿布卡赫赫天母苦劝下，
卧勒多小妹才颔首割爱，
恩准塔其布离姊妹分身。

塔其布离的小妹——
塔其乌离与姐姐相分，
一个在天宇晴空，
一个到苍茫海间，
分掌时光的流逝。
塔其乌离与姐姐含泪相别，
从此亲随德里给奥姆赫赫大神，
巡察东海冷暖世情，
与托日迎日两姊妹神，
同负太阳神升落大任。
德里给奥姆赫赫，
誉赞卧勒多神母赐爱盛恩，
格外疼爱塔其乌离忠敏，
自慰收作膝前爱女。
成为德里给奥姆大神，
最亲近心腹侍臣。

德乌勒勒，哲乌勒勒，
德乌咧哩，哲咧！
天下事纵使千态万情，
脱不出德里给奥姆大神，
照穿百年的慧睛。
果然天星雨落，
翠莽乌鸦哀鸣，
百雀惊吵翱翔，
从不见安宁。
鱼族远匿深汀，
海豹携子呜咽。
麋鹿狍獐更堪怜，
遭战火惊遁，
慌慌跳下千仞崖涧，
尸横浪尖，血殷波红。

尼雅玛[1]啊，无辜的尼雅玛啊，
逃避中溺海而亡。
海上，腐尸像排排朽木，
腥臭难闻。
世道，不言天理、人情、公正，
世道，不讲正义、友助、共荣，
只有强者吞噬弱者，弱者沦为奴仆；
只有少者吞噬老者，老者沦为骸骨；
只有邪恶代替美善，美善沦为低贱；
只有大族征服小寨，小寨沦为附庸。
东海夜夜悲歌——悲歌不息，
东海日日厮杀——厮杀不息，
东海月月腥风、血雨，
东海岁岁苦泪、暴戾，
海水本是银的、金的、甜的、香的，
海水今是红的、黑的、苦的、涩的。
浪涛白鸥，
往日翩写东海福寿永享；
浪涛白鸥，
今日翩写东海患祸连绵。

德里给奥姆妈妈仁慈宽厚，
难忍东海的哀怨，
难睹东海的践凌，
誓改东海苟生碌碌，
萨满愚氓。
经几番思忖，
钦定自己身边爱女，
派下人寰。
德里给奥姆妈妈，
事事依恋爱女，

① 尼雅玛：满语，人。

与众女神难舍难分，
也更知众女神秉性。
俗言“金刚琢玉，煦阳送暖”，
深知唯塔其乌离最堪胜任。
塔其乌离是星辰娇女，
塔其乌离是东海之幸，
命她执掌东海，
阿布卡赫赫、巴那吉赫赫、
卧勒多赫赫三姊妹神，
必会如意称心。
她将此意申禀三位主神，
迅蒙谕允。
德里给奥姆妈妈，
唤来塔其乌离：
“乌布逊毕拉是东海明珠，
闪耀在锡霍特阿林南麓，
母亲河乌苏里乌拉的源头，
水肥地广，河网纵横。
她的支流布鲁沙尔水滨，
像蜜浆诱来八方生灵，
生聚有七百‘毛尼雅’[①]扈伦。
古时，有条千年乌云扎布占[②]，
蜕变成一位盖世美女，
‘毛尼雅’感激驱病之恩，
共举她为扈伦赫赫额真。”
百年后，传袭今日的哈哈，
额真古德罕，
贪玩好色，江河日下，
扈伦[③]像无王的蜂窝乱成了球儿，

① 毛尼雅：满语，毛，汉意为树。尼雅，即尼雅玛，汉意是人。毛尼雅，即树上人，也即林中人，东海女真人的俗称。

② 乌云扎布占：满语，汉意为九尺蟒。

③ 扈伦：满语，部落。

扈伦像好斗的姑勒臣[1]互自相残。
“你去做救世萨满吧，
勿怕煎磨，巧理河山！”
塔奇乌离谨遵圣言，
叩谢东海女神——
德里给奥姆妈妈说：
“拯世救命，
竭尽血汗。
纵然化作蝼蚁、蜉蝣、虫茧，
也喜出望外。
愿与东海为伴，
死又何憾！”
迎日女神和托日女神，
得悉星姐塔奇乌离，
将去拯世扶正，
连声问道：
“尊贵的神母啊，
星姊去了人间，
我俩靠谁督管呀？”
德里给奥姆妈妈笑答道：
“此事我倒忘了，
如何是好！”
想了想，说：
“这样吧，塔奇乌离，
你把喉咙声音留下吧！”
塔其乌离欣然说：
“是的，
我可将咽喉声音，
留给你们。
我奉降人伦，
只想扪心苦劳，

① 姑勒臣：满语，蜘蛛。

话语尽可少用。
我再求援海鸥代劳学语，
朝暮喧叫海上，
襄助你们传报好时辰。”
德里给奥姆妈妈说：
“你初坠人尘，
先为哑女。
茹苦含辛，
晓谙世情。
海鸥学会报时后，
我还你美丽的喉声！”
德里给奥姆妈妈讲毕，
忽将右手向塔其乌离点动，
道道闪电中飞出金雕和黄莺儿，
带起塔其乌离女神无影无踪。
从此，东海白鸥不停地飞叫，
迎来旭日、曦晨，
送走落霞、黄昏，
劈涛斩浪，
从不知劳顿，
践行着塔其乌离女神相托，
替所有弄潮儿频奏佳音。

德乌勒勒，哲乌勒勒，
德乌咧哩，哲咧！
蜿蜒的布鲁沙尔河水，
从锡霍特阿林像野马向东海飞奔；
翠绿的沙吉科尔花，
从锡霍特阿林像彩带向东海延伸；
成群的乌勒哈尔斑雀，
从锡霍特阿林像红云染艳东海古松；
沟沟、湾湾、山山、岭岭，
处处述诵神秘的奇闻：

在白桦林丛，
在清幽树荫，
帐包如鹊巢，
老老少少围站高高树屋外，
仰望天神的厚恩：
万里晴空，
天籁传音，
两只豹眼大金雕，
护卫一只长尾黄莺，
翩翩飞临。
此刻，古德玛发嬉卧草坪，
搂着众妃玩赏着会摇头的七彩蛹，
被“毛尼雅”惊呼声吵醒，
瞧见黄莺啄来一个明亮的小皮蛋，
小嘴轻张，皮蛋恰从头顶投下，
不偏不离，落在古德罕的怀襟。
金雕和黄莺各展双羽，
盘旋三圈儿，鸣叫三声，
霎时钻入云空，无影无踪。
古德罕憎恨天禽搅乱自己雅兴，
懊恼得大发雷霆，
坐起身来想抓蛋远扔。
小皮蛋像千根金针发亮，
在古德罕衣襟上光芒耀眼，
照亮了喧哗的乌木林，
刺痛得古德罕两眼热泪直滚。
众妃惊诧万状，
护拥着额真胆战心惊。
阿哈[①]们如临灾星，
惶惶不知所措，
难卜祸福吉凶。

---

① 阿哈：满语，奴仆。

古德罕忙命阿哈们，
把魔蛋远抛布鲁沙尔河。
皮蛋重千斤，像粘在地心，
阿哈们捧都捧不动。
古德罕忙命阿哈们，
引来饿狗吞食，
狗群望见四散惊遁。
古德罕急命阿哈们，
抱来干柴焚烧，
雷雨交加，篝火不燃。
盘天的山雀翔聚喳鸣，
吵闹得部落日夜难安。
古德罕万般无奈，
命担黄土堆埋，
再用枯树、石块，
狠压在黄土上面。
德乌咧哩，哲咧，
古德罕和众阿哈扬眉吐气，
满想能够安稳入眠。
舜妈妈升到五个巴掌时辰[①]，
黄土堆突然惊雷巨响，
尘土崩飞，
一群绒貉露现土中。
有个穿狸鼠皮小黄兜兜女婴儿，
正酣睡在貉窝里。
数貉长绒拥裹着睡婴，
安详甜蜜，脸露笑容。
部众慌报古德罕，
惊天怪事传咏整个乌布林。
萨满妈妈们祭海卜问，
言知天降神女。

① 舜妈妈升到五个巴掌时辰：古时比喻太阳升丈高的俗语。

古德罕疑惑蹊跷，
亦畏神祇的谴惩，
遵神意抱回女婴，
嘱阿哈奶养在香草棚。
女婴天聪超人，
五日翻身，
七日匍行，
九日识亲。
天孩儿非凡的神迹，
确使古德罕跟众妃感动。
乌布林人燔烤花鹿白鲸，
焚烧“温嘎”[①]跳神。
古德罕刺额血叩拜：
“乌布林灾殃深重，
难能可贵天降吉星。”

德乌勒勒，哲乌勒勒，
德乌咧哩，哲咧！
当布鲁昆鸟第六十次
飞回到布鲁沙尔河，
当乌布林艾曼第六十次
迎来了吉祥的仲秋，
六十个花开花落，
六十个雁来雁走，
六十个河开河冻。
全部落的稀世盛举啊，
全部落的狂歌纵舞啊，
同贺白发长髯古德罕六十神寿。
这是东海神灵的殊赐，
这是古德祖德的福荫，

① 温嘎：一种草本植物，长成后生小穗状花蕾，叶茎清香明目，可入药，有兴奋驱虫除瘟作用。东海女真人常在入秋采割晾晒，祭祀时焚香敬神用。

这是锡霍特阿林最光耀的日子啊！
在堆满海鱼、鸟卵、鹿肉——
氏族十里花山大寿宴上，
赫赫欢跳“查拉芬玛克辛”[1]，
哈哈欢戏“勒夫曷玛克辛”[2]，
古德罕站起身，爽笑盈盈，
同阿哈朱子比唱“乌勒滚乌春”[3]，
冷丁想到草棚里的天孩儿，
忙让侍人抱来同贺寿辰。
古德罕兴味盎然，
抱过招手舞闹的女婴，
众妃也围逗这神异的天孩儿。
谁知，女婴呆视族众，
小嘴直劲鼓弄就是不吭叫一声。
古德罕幸福地亲吻，
一心想要听得天孩儿的美音。
女婴一双绒眼只盯飞鸟鸣唧，
不睬古德罕的戏逗，
不见哭喊，
不露半语。
乌布林人惊恐叹息，
塔旦包[4]内外呼喊称奇：
“德乌咧哩，哲乌咧，
阿布卡呀，阿布卡呀，
怎么赏赐个哑女！”

① 查拉芬玛克辛：满语，寿舞。
② 勒夫曷玛克辛：满语，熊舞。
③ 乌勒滚乌春：满语，喜歌。
④ 塔旦包：满语，帐篷。

第四章　古德玛发的歌

德乌勒勒，哲乌勒勒，
德乌咧哩，哲咧！
古德玛发头上袭戴着
五鹰日月笠，
尊贵的圣冠光彩夺目。
昭显古德世祖，
五百年开基史。
德乌咧哩，哲咧，
诵传，天地初开，
沧海无极。
阿布卡赫赫澄清寰宇，
终伏恶魔耶鲁里。
争杀百代，
疲累难支。
众神拥戴返回天际，
临行时，偶生溲溺，
洒润在东海石。
东海石下聚生黄壳海蜊，
小蜊遍生海滨多如沙砾，
性癖栖海凝沙以安巢居，
故享有美名“古德蜊”，
誉其世代有固堤卫海之功，
而躯壳却被激涛殒为粉齑，
朝朝暮暮，万世已已。
也算是古德蜊蒙福造化，

一蜊享灵溺蜕幻人躯，
迎风长三尺一，
迎日长三尺一，
迎雷猛增三尺一。
由此亘古荒滩见人迹，
一位臂撼巨岩女力士，
自号“古德西”，
啸聚裸毛野氓，
闯海，拧筏，
罟搏海豹、海鲸、海狮，
生儿育女，
由此东海不寂，
人丁日聚。
古德西创“乌布林艾曼”，
凿“五鹰图喇”[1]划界地，
威名山海皆知。
群氓拥拜古德额真，
颂扬“古德奥莫西”。
江海岁月飞逝，
袭传今日古德玛发，
已难查几何世纪。
古德玛发惰懒敏求，
傲慢自恃，
贪恋声色，
欠增豪气。
古德罕懊恼抱得哑女，
哪听进阿哈殷殷劝止，
叱喝左右，横眉怒视：
“抱去弃儿营，
不作天女侍奉。

① 五鹰图喇：古代部落自创并区别于其他部的徽记。图喇，即满语，柱子，刻有五鹰的柱徽。

活当熟皮女，
夭死远抛尸。”
德乌勒勒，哲乌勒勒，
德乌咧哩，哲咧！
女婴原本女神投世，
古德障目看不仔细。
弃儿营窟冷凄凄，
蛇鼠噬肤，
地窨阴湿，
苦挨时日，
虫草充食。
女婴自有暗光护肌，
蛇鼠不凌欺，
寒窨生暖席。
不哭不泣，
无忧无嫉，
大愚若痴。
天鹅不跟土鼠同栖，
山间流水不与涧底涓流合居。
她像跟山雀说话一样聋哑，
她像跟海狸鼠出世一样呆傻，
真急刹坏阿哈朱子怜爱愁疑。
古怪的哑女，呜咧咧，
可悲的哑女，呜咧哩，
谁解她的心意？呜咧哩。

德乌勒勒，哲乌勒勒，
德乌咧哩，哲咧！
她是东海女神奥姆妈妈娇女，
她是天神塔其布离星辰小妹。
东海女神奥姆妈妈给她体力，
塔其布离星神小妹送她瑞气，
她迅成为熟皮女中最棒劳力。

吉人有天助，乌咧哩，
弃儿群里精灵子，乌咧哩，
勤爱劳役，乌咧哩，
聪颖伶俐，乌咧哩。
白雪融消三次了，
她就能下海抓蟹；
白鹊枝梢絮巢了，
她就能上树吃鸟蛋。
七岁斗鲨叉海参，
九岁布阵捉海狸。
黑云来了，
她说："海啸。"
黑潮来了，
她说："飓风。"
吉伦草发香了，
她说："该采椴蜜。"
卡丹花冒出了"黑腻"，
她说："瘟疫。"
吉伦草发香了，
她说："客来。"
幼小的哑女呵，
便如吉星叱咤风云。
萨满妈妈谙知她非凡来历，
部落老幼赞叹她睿能奇志，
十三副野猪牙胸乳垂饰，
聪慧丽质，乌咧哩，
修发长睫，乌咧哩，
乌布林人齐赞哑女"乌布西奔"[①]。
她从此有了响亮的名号，
——最有聪明才智的人。

① 乌布西奔：满语，乌布西，即乌莫西，很、最之意。奔，满语，本领、能力之意。乌布西奔就是最聪慧、最有本领、最有能力之意。

德乌勒勒，哲乌勒勒，
德乌咧哩，哲咧！
明月升天常有白云欺，
乌布西奔受着古德冷遇。
住海边黄獐子部逞机谋计，
像野猫钻进弃儿营，
偷跑天孩儿寄厚冀。
女罕法吉妈妈奉若神童，
哑女生世亘古堪奇，
貂帐同眠朝夕不离，
亲手精制美食美衣。
黄獐子部有位哑女小萨满，
断卜风云百疑，乌咧哩，
执掌休咎司祭，乌咧哩，
小小黄獐子迅升棕熊部落，乌咧哩，
威震霍布鲁沙尔河西，乌咧哩。
东海岸大小部落，
自古就有互认称谓的俗约。
部落的强弱、大小，
声名的卑微、显耀，
在锡霍特山阿林的旗号，
是否蔽云遮日，
是否仅踞巴掌大小山岳，
全凭旗徽称谓谕晓：
鼠号—地鼠、灰鼠、飞鼠，
狐号—黄狐、白狐、飞狐，
狼号—白狼、黑狼、海狼，
麋号—草麋、山麋、江麋，
豹号—火豹、海豹、飞豹，
蟒号—九文蟒、飞蟒、海蟒。
德乌咧哩，哲乌咧，
众号中雄踞榜首，

最高升阶便是鹰隼：
鼠—狐—狼—麋—豹—棕熊—鹰隼；
锦雉—海鸥—白雁—天鹅—鹰隼；
白鱼—鲨鱼—海蟒—海龟—长鲸与海鹰。

德乌勒勒，哲乌勒勒，
德乌咧哩，哲咧！
东海鹅脖子湾葫芦套，
黄獐子部族临海广栖树巢，
代代捞鱼蟹、捕海鸟。
夏住巢屋，攀高崖桦椴树上竖室，
远望，像累累巨果在高枝上飘摇。
临高屋，看惯海禽翩翩，
常把东海渔舟远眺。
只要从树屋临高眺望，
碧海渔舟艘连艘，
喜看丰稔，船船活鱼银鳞闪耀。

德乌勒勒，哲乌勒勒，
德乌咧哩，哲咧！
海风吹拂，夏巢不怕烈日，如子夜温馨，乌咧哩，
冬宿崖穴，凿洞深深，悠梯出进，乌咧哩，
洞中有洞，洞洞相连，各有梯门，乌咧哩，
栖兽皮、羽褥、茅葛、席枕，冬暖如春，乌咧哩。

黄獐子部兴狗祭，犬多百数，有师专驯，乌咧哩，
待犬如子，懂人情，通人语，与人同席枕，乌咧哩，
北涉苦夷、堪扎①，擅御“音达包色珍”②，乌咧哩，
冬驰“狗棚”，每棚十犬，乌咧哩，
棚棚相衔，俗誉“雪龙”，乌咧哩，

---

① 苦夷、堪扎：系指库页岛、堪察加半岛。

② 音达包色珍：即满语“音达浑包衣色珍”，汉意为狗棚车，俗称狗牵引的小棚车。而且，又多在冬季北上狩猎时使用，即带篷的大雪橇。

鞭号如歌，灵犬晓明，乌咧哩，
人呼犬嚣，驶若快风，乌咧哩，
冬有雪鞋，踏如长板，上缝革履，乌咧哩，
选用海獭、棕熊、野猪毛鬃，乌咧哩，
钉于板下，马不可及，雪中飞如闪电，乌咧哩，
追踪狐兔，如在掌中，乌咧哩，乌咧哩。

德乌勒勒，哲乌勒勒，
德乌咧哩，哲咧！
黄獐子部女罕原为法吉凌妈妈，
妈妈法吉凌，本鹰崖野猎人，
老额真班琪妈妈风雪救危命，
犬车拉回供养，
待如亲女传艺能。
班琪罕操劳三十冬，
闭目长终，厚葬树巅，
众推法吉凌袭妈妈额真。
法吉年轻貌美，千里难寻，
慈爱，忠勤，奋勉，
族众同甘共苦，相助相亲，
外来逃人，都收养怜悯，
部落虽小，团结心诚，
一呼百应，众志成城。
法吉妈妈，素爱才女英雄，
从乌布林自得哑女，
接回鹅头脖子奉若圣明，
从不轻视，从不怠慢，
哑女虽不吐语声，
甚解人意，聪慧过人，
从不违谬法吉妈妈叮咛，
热心协助，出谋献策，
深得法吉妈妈欢心。
族人嘲笑收来个哑女，

何必惶恐重用。
法吉妈妈从不苟同：
“乌咧咧，人不以貌评，
要窥内心。
乌咧咧，白石再洁俊，
不能凿成利刃，
终有何用，乌咧咧。”
哑女不辜负法吉敬重，
投足雀跃哑语含情，
身眼手法全是精神，
缮绘全族故事，
指点獐族宗祠，
阖族上下关爱相亲，
哑女萨满赢得众心。

德乌勒勒，哲乌勒勒，
德乌咧哩，哲咧！
黄獐子部鹅头脖子西北邻，
有个乌布林大部落赫赫闻名。
布鲁沙尔河流经乌布林，
从鹅头脖子悬崖底下汇入海中。
数百里鹅头脖子峭壁峻岭，
成为东海南域的咽喉要冲。
闯海、探海的大窝稽人，
都要从鹅头脖子造筏、扬帆坐船，
这是世代最便捷的“朝海觉昆”[①]。
黄獐子部扼踞鹅头脖子山门，
渔产充盈，衣食丰盛，
诸部求海路畅通，不敢欺，献殷勤，
或绕布鲁沙尔河下游主流进海，
山道坎坷，怪石狼林，

① 朝海觉昆：满汉兼用词。觉昆，满语为道路，满汉合意即通海的海道。

熊爪子洞黑桦林更是牛马难行，
赶海常常耗费十数个时辰。
乌布林大罕——古德罕额姆，
多罗锦妈妈罕在世时，
同黄獐子部班琪女罕亲密和好，
多罗锦为人平和，不显大寨之风，
周围的部落都对她敬重十分，
当时，鹅头脖子水路自如畅通。
多罗锦妈妈寿终正寝，
多罗锦大姊南多锦妈妈执政，
在外甥古德贝子挑唆下，
狂妄自大，骄慢好勇，
像只威风不可一世的老公鸡，
啄这个，咬那个，不肯宁静。
古德贝子是个好色武人，
他选各小部落妙龄女童，
收养穹庐彩帐中，
天天像老公鸡羽翼下，
领着花母鸡一群。
南多锦妈妈，
只懂肥吃，
体胖赛过肉缸，
不懂得操管族务，
全支使吉德贝子恣意妄行。
古德贝子肆无忌惮，
后将大姨妈南多锦气败成病，
古德贝子自名大罕，
不可一世，跋扈专横。
身边美女来自獐子部，
一心渴望顺利通海，

自恃乌布逊[①]兵强人众，
蔑视黄獐子部人少力薄，
必对乌布林闻风怯恐。
古德罕不知哑女已在黄獐子扬名，
握有威望的萨满权柄。
自以为乌布林雄兵未到，
黄獐子部人必望风逃命。
谁人安敢挡我行。
制海美梦任我做，
勾销百年愤不平。
他率兵暗袭，轻敌冒进，
夜侵熊爪子洞黑桦林，
幻想夺下鹅头脖子，
崖下通海坦程。

德乌勒勒，哲乌勒勒，
德乌咧哩，哲咧！
黑嘴鸱鸺鸟，
窝巢孵崽声静静。
白蹄高岩羊，
睡卧祛寒偎紧紧。
半夜的弯弯月，
向浓浓的薄云之中隐进。
古德罕骑匹菊花青小走马，
后有兵勇一行行，一排排，
在千年古槐林中悄悄急行。
唯有乌鸦在惊鸣，
唯有喜鹊在飞遁。
沉睡的梅花鹿一群群，
被驱赶着往黑桦林中逃奔。

① 乌布逊：即乌布林。在采录时通过老人咏唱了解，乌布逊原出自乌布逊毕拉，是河流的名字。当地土人习惯喜欢用养育自己的河流命名部落名称，为自称、爱称、昵称，有时亦称乌布林。

"色克"[1]小哨传告：
"前边黑影高坡就是鹅头脖子，
黄獐子部人睡得正香甜，
没有半点异情。"
看来，古德罕稳操胜券，
不单能巧过隘口无人问津，
正如愿趁热打铁，夺下鹅头脖子，
让黄獐子部再打不出什么旗号唬人。
乌布林的钢矛，就插在鹅头脖子上，
让美丽的黄獐子罕——法吉妈妈，
今夜睡进古德罕的香獭衿；
将美丽的黄獐子部女人啊，
——东海美女们，
今夜犒赏给乌布林每个征人；
让鹅头脖子今夜更美名，
做乌布林古德罕的观潮楼，
金银珠宝库，重新修葺一新。
古德罕在马上得意兴正浓，
马蹄刚蹚入布鲁沙尔河湍急流水，
无数只野鸭飞出河岸苇林。
昏昏暗暗，密密层层，
盘根错节古柳中阴森森，
嗖嗖嗖跳下数千条獐子狗，
——黄獐子部特养的旋风神。
狗分黑白黄褐九曜，
异常凶猛，娇巧玲珑，
像一只只利箭齐飞在征马上，
不吠一声，
猛咬乌布林人的脖子筋，
狠抱着乌布林马腿咬啃，
撕开血肉四处溅红。

① 色克：满语，探子。

古德罕双肩两条小狗，
咬得他哇哇哭叫，疼落马下。
群马遭狗咬，抛掉坐骑上的兵勇，
在阔野中狂叫着扬鬃奔逃。
乌布林人被扔入河里，
疼死挣扎，遍地溃军。
一阵阵金锣、角号声声，
狗军闻令，丢下啃物，
蜂拥般蹿向悬崖。
悬崖之巅，
獐子旗纛迎风飞展，
旗下昂立两个丽人。
古德罕抬头挣扎仰望才看清，
梦寐苦思的法吉妈妈，
美女罕王——法吉女罕，
炯炯目光使他低头羞惭；
再斜眼偷观，大吃一惊，
法吉罕身边还伫立一人，
冤家路窄，
正是被他驱走的，
哑女乌布西奔。
乌布西奔何时成了法吉罕助手？
看来逃不出我被杀的命运。
古德罕热汗淋漓，胆战心惊，
忽闻鱼皮战鼓擂得响咚咚，
三百羽衣侍女簇拥两丽人，
来在古德罕身前探慰伤情。
法吉女罕头戴耀眼王冠，彩铃嘤嘤，
三千海珠镶嵌着九彩透龙宝玉传世奇珍，
双耳长垂着一对三连银环熠熠闪光飞雀竞鸣，
身披鲸睛龙骨鹅绒白云蛤的水浪银光衫，
真宛若九天神女降落凡尘。
美女萨满——哑女乌布西奔，

不是当年瘦羸的褴褛小天孩儿，
修长艳美身姿法吉妈妈也逊百分，
手持令旗端庄大方，玉立亭亭。
古德罕四肢趴地瘫痪，
遭擒也未闹清楚原委，
朦朦胧胧中天降狗军陷厄运。
如今真正大梦方醒，
把自身推进窟窿桥的黄獐子部萨满，
竟是冤家哑女的巧计谋，
自作自受，闭目等死，
古德罕万分悔恨，吓得腿肚子直转筋。
黄獐子部众女兵威风凛凛，
怒目横眉，一声不吭。
四周过来众兵勇，
将绳网中乌布林人押到悬崖古桦林，
个个流血呻吟，苦叫难忍，
哀求饶命声遮盖了滔滔河水声响。
乌布西奔不忍闻遍地号啕，
劝告黄獐子部人拿来草药神方，
为乌布林人疗治狗伤。
乌布西奔向法吉罕喃喃哑语，
手用小旗上下挥动不停。
法吉罕深解其意，
乌布西奔温慈爱民，
怜悯乌布林人已溃败毙命，
不该再折磨蹂躏。
法吉妈妈命侍兵，
解开古德罕索绳，说道：
“黄獐子部，有天鹅的心肠，
有棕熊的豪强，
乌布林再休要凌弱恃强。
我们懂得阿布卡赫赫的宽宏，
仁爱大度，

饶恕尔等，
所俘乌布林人作我獐子部奴丁，
所有马匹、军刃全收归我所用。
俗语讲‘贪吃的猪别忘记挨打的痛’，
古德罕，你该弃恶从善，改弦更张，
只放回你一人，
滚吧，快滚！”
古德罕感激涕零，
带着血伤逃回乌布林。
狼狈不堪，懊悔无颜，
一连四十个日升日降，
妃子阿哈采遍山海灵药，
憋在喜鹊楼里闷闷疗伤。
好花结好果，
恶念生祸端。
雄踞东海百年的泱泱古德望族，
哪能受小小獐子部的凌辱戏弄，
从此，一腔复仇火油然而生。
古德罕再不敢轻视黄獐子部，
在祖先神堂刺额明誓：
“让鹅头脖子易主乌布林。”
古德罕还在神前自责自谴：
“哑女确是天赐神女，
古德愚狂无缘识真神。
败子回头金不换，
虔心敬神神必来。
古德我定要迎回乌布西奔。
乌布林有了乌布西奔，
有了聪慧、善良、智勇的智人，
旭日高升，前程似锦。”

德乌勒勒，哲乌勒勒，
德乌咧哩，哲咧！

在莽古鲁阿林南沟霍通椴树林园，
在布鲁沙尔河湍湍细流的清澈溪水畔，
是锡霍特阿林最富饶的莽原猎场，
自从古德远祖选择东海腹地为生存之邦，
这里便是乌布林子孙世代繁衍生息的故乡，
是乌布林子孙最安详的福寿摇篮。
这里百兽多过天上群星，
这里人迹却比寻见地上鲜花还难。
在绵延的乌布逊毕拉两岸，
世代欢居着，
土生土长的“巴纳罕”[①]，
采山果，打猎，捕貂，
刨参，罟鱼、熬海盐……
丰衣足食，全凭萨满卜占，
朝夕劳作，全为古德罕效劳。
子孙万代朝朝暮暮，
风风雨雨苦度时光。

德乌勒勒，哲乌勒勒，
德乌咧哩，哲咧！
奇闻出在成化甲辰年[②]，
天雨降泥鳅塞满沟坎。
天道紊乱非吉兆，
果不然担民[③]涌落东海滩。
稀稀落落的刨参尼雅玛[④]
白衣翩翩的索罗阔尼雅玛[⑤]，
黑衫裹腿的尼堪尼雅玛[⑥]，

① 巴纳罕：满语，地方之主，地方之王之意。在此表示是“土生土长的地域主人”之意。
② 成化甲辰年：成化为明宪宗朱见深在位年号，成化甲辰年，为明成化二十年。
③ 担民：系指从河北、山东挑担来东海一带谋生的难民。
④ 刨参尼雅玛：挖山参的人
⑤ 索罗阔尼雅玛：从朝鲜半岛来谋生的李氏王朝的难民。
⑥ 尼堪尼雅玛：汉人。

麇集布鲁沙尔讨食谋穿，
掘塔旦地包儿雅像蜂窝点点。
虎狼争食嫌山小，
蛟龙争水怨江短。
乌布林由此无宁日，
袅袅炊烟，篝火熊燃，
攫食夺地蚁拼不断，
锡霍特阿林泛血泪，
天怒人怨啼饥号寒。

德乌勒勒，哲乌勒勒，
德乌咧哩，哲咧！
乌布逊毕拉有布鲁沙尔河的，
数不尽小支流，
发端在莽古鲁阿林南麓耸崖。
莽古鲁是锡霍特阿林山中的子孙峰，
万条瀑泉流淌成无数小溪渊。
布鲁沙尔河便是莽古鲁阿林，
胸中喷发出来的甘泉。
它不像乌布逊毕拉，
由锡霍特阿林向西流淌，
却朝着东海的陡峭山麓，
奔向大海，一往无前。
河谷阡陌平原，
向锡霍特阿林敞开胸肩，
通畅平坦，
是山外和西域的人，
进入大海的黄金口岸。
唯有黄獐子部鹅头脖子，
居高临下的犬牙般悬崖，
紧紧卡着这道生死关，
一夫兀立，万夫休犯，
成了众部落岁岁争杀的祸端。

古德罕同黄獐子部世代毗连，
日夜梦寐着充扩
布鲁沙尔河祖先地盘。
图喇椿傲然屹立，
椿上镌镂着代敏[1]正奋翼鹏展。
代表乌布逊部的盖世徽标，
这是古德先人缔创。
雄雕锐亮的金爪金眼横扫残云，
倾溢着古德氏族咄咄心愿。
乌布逊部落豪强，
人丁旺盛，势力最壮。
乌布逊部西联都姆肯酋长，
部落虽弱，由兄姊俩并肩为罕，
执掌着百里熊山鹿苑。
乌布逊部南邻强大部族叫辉罕，
踞有外海三百石岛穴窟富源，
同乌布逊部并驾齐驱，势均力敌，
四季丰硕的海陆宝藏，
令各部瞻仰，分外眼馋。
乌布逊部东麓锡霍特阿林连绵蜿蜒，
珠鲁罕部、黄獐子部联守天堑，
依山靠水，衣食丰稔。
珠鲁罕和黄獐子祖根同源，
先人发端于一条水系安察干。
千载穿鹿衫、露臀发野氓，
长成一条条今朝黑肌壮汉。
百年前，兄妹反目成仇积冤，
突里吉小妹远离安察干珠鲁罕兄长，
在海口鹅头脖子拜奠黄獐子神坛。
岁月如梭，时光荏苒，
传袭班尔金——班尔棋（班棋）

① 代敏：满语，雕。

——法吉凌（法吉）女罕。
到班棋、法吉妈妈两世，
黄獐子部同珠鲁部众重归旧好，
学得荆药蒸烤秘术擅造乌头箭，
山林扩延，部族强悍，
欲废掉黄獐子旧徽号，
更换棕熊大纛壮门面。
珠鲁部三世罕图耶玛发气不平，
暴跳如雷，七窍生烟，
哪容忍小黄獐子得势张狂，
让法吉女罕傲慢逞强，
点派七百驾鹰奴攻罚法吉罕。
法吉罕闻风怯缩，焚弃棕熊大纛，
申扬黄獐子旗幡永不降。
然而，法吉罕雄心不泯，
暗誓必除剪图耶罕。
谦招强能，
若渴求贤。

德乌勒勒，哲乌勒勒，
德乌咧哩，哲咧！
天缘从来会恩赐心诚之人，
法吉罕妈妈情投哑女乌布西奔。
迎入珠轩，美衣甜羹，
同浴同寝，朝夕与共。
一日晨，法吉求问旺族之根，
哑女沉眸良刻，摇动双拳。
法吉难解，瞠目似问，
乌布西奔拳语嘱告法吉族众：
“滴水汇集江流，
才能育养千亩万牲；
绿木汇集密林，
才能遮蔽呼啸海风；

五指握集重拳，
才能提举木石百钧。
黄獐子与珠鲁本属
亲手足、同根藤，
就该和睦相集，心心相印。
忌恋干戈，永抛积怨，
兄弟常依依，携手退顽敌，
何惧争掠成性的乌布林。”
哑女金言拨云见日，
一石击响千层浪，
一语顿消百世恨。
萧墙频祸化玉帛，
云海迅颂乌布西奔。
法吉罕妈妈结识哑女，
如睹神临，
百依百顺，言听计从，
推崇她为黄獐子部萨满。
珠鲁和黄獐子人等，
跳起妈妈传下的
“窝莫洛裸踏玛克辛”[①]，
唱起玛发传下的
“阿浑德乌勒滚乌春”[②]。
安察干一条水系重又畅行如初。
图耶玛发对乌布西奔拜伏敬崇，
奉戴为两部联盟大萨满，
执掌敬天育世宗祭权柄。
黄獐子部、珠鲁部，
九路神速无敌的狗军，
专听乌布西奔和法吉妈妈口令，

---

① 窝莫洛裸踏玛克辛：东海女真人古舞一种，俗称“子孙舞”。相传族众裸身、咏歌、踏步、环手劲舞，奔放自如，通宵达旦。

② 阿浑德乌勒滚乌春：东海女真人古代歌舞一种，俗称“兄弟喜歌”。相传族众与新结识的友邻部落，相欢时同唱兄弟喜歌，边舞边唱，唱骨肉情深，围篝火几日不绝。

蒙天神眷怜，
屡败乌布林古德罕的寻衅。
古德罕无颜，
只身逃隐荒岛莫里尔坤。
乌布林的乌布逊部众，
憎恶南罗锦妈妈昏庸，
怒谴古德罕黩武穷兵，
冲进古德罕雪狐海燕林，
烧毁古德罕鹰阁紫貂庭，
烈狗咬死古德罕妃嫔，
病榻的南罗锦也遭乌头箭[1]穿身。
地室树洞火吞水淹，
乌布逊遭受百年
未见过的鞭痕。
灾难啊，笼罩美丽的乌布林，
血泪啊，洗染富饶的乌布林。
西部的都姆肯寨同南部的辉罕部，
乘难来乌布林争掠女婴。
长长的大轮车，装走离心的人，
长长的木筏排，装走逃亡的人。
乌布林的厄运，阿布卡啊，
何时能有安静？
古德罕的贪婪，
换来了不可遏止的祸因；
古德罕的逃遁，
招来失主乌布林的任人屠躏。
月夜，星光，烟火，
林涛，犬吠，寒风，
惊醒了昏死过的南罗锦。
身边侍女尸体早已冰冷，

① 乌头箭：东海女真人祖传药箭，有数千年传袭工艺，采东海乌头草根毒汁润箭。箭分三级，即致人迷醉、致人溃痈伤亡、致人迅毙三类毒箭，威力不可敌，名传遐迩。

爱犬中箭虽死双目圆睁。
她拼力呼喊，
才从残破岗门，
爬上来一个侍女血淋淋，
双手扶着窗棂，哭禀：
“英明的女罕啊，
处处血印，血印，
还是血印！
恩都力啊，哦哲咧哩，
难道说吉祥离开乌布林啦？”
她缓慢，缓慢爬过窗棂，
缓慢，缓慢跨过彩瓶，
爬到女罕近身。
南罗锦妈妈，
一阵昏厥，一阵苏醒，
呻吟着说：
“你——你——
快——快——
喊侍人来。
你，你，
快把我身上铜板敲响！”
铜板，是女罕特备警钟，
唯有危难时，
敲响铜板谕传聚众。
侍女找到女罕前胸两块铜板，
从女罕病体勉强摘下来。
侍女中毒箭周身粗肿，
瘸行嫌迟，拼命爬滚，
用捡来的石棒槌，猛力敲撞：
“当——当——
当当——当当当当——”
乌布林人听惯了铜钟，
这是额真的召唤，

这是南罗锦妈妈的呻吟。
纵然可恨古德罕的咎由自取，
可憎南罗锦沉湎安逸与放纵，
惩治报复古德后痛感快慰与舒心，
然而又总感是生命依托，部落之尊，
自毁家园更将伤及自身。
赤爱乌布林的忠诚子孙们，
正义凛然，不计前嫌，
呼聚林中人众，
从四处涌向警钟。
三个男猎手都是古德罕亲侍，
最先跑进南罗锦豹皮篷。
女罕一息奄奄，昏迷不醒，
血洇罗裙的侍女匍身哭唤声声。
女罕被脚步惊动，
微微睁眼抖动双唇：
“快，快，找古德额真，
到天涯海角也给我找寻。
祖宗基业贵如命根，
要重建乌布林啊！
快带上我的替身，
我的铜板钟！”
话语方停，溘然长终。
女侍哭嚎着头撞柱石，
为女罕南罗锦妈妈殉了命。
齐齐尔德老玛发女罕长兄，
将铜板钟交给猎人说：
“你们都是古德心腹侍人，
带好女罕宝贝，古德见物如见人，
百只豹子挡路他也必回家门。
要救乌布林，
劝说他接回咱们的乌布西奔。”
三个男猎手铭记玛发嘱托，

收好铜板钟，点燃干草柴薪，
燃圣火葬送南罗锦亡魂。
他们远离乌布林，
直闯荒古大森林。
珠鲁罕、辉罕、
黄獐子、都姆肯……
寻不见古德额真踪影。
乌布林人素敬乌布西奔盛名，
只因跋扈无知的古德罕轻蔑作梗，
才落在鹅头脖子被认萨满啊！
狂妄的乌布林横遭厄运，
黄獐子就仗乌布西奔大智大能。
小河千回百折总有源，
凡事千绪万端总有根。
解铃还得系铃人，
遇难还得找乌布西奔。
三男侍叩扑藤萝门，
跪求乌布西奔萨满慈仁，
乞请指点迷津，
恕救苦难深重的乌布逊吧：
“祸首古德罕，
是乌布逊的额真。
逢山不见影，
遇水不闻声，
究竟藏何处？
萨满有海样胸怀，哦咧咧，
萨满有天样肚量，哦咧咧，
宽恕，宽恕，哦咧咧，
乌布逊不能是瞎眼云雀，
乌布逊不能是没头苍鹰。
古德罕被何处魔鬼纠缠？
诚请明示，哦咧咧。”
黄獐子部法吉妈妈女罕，

耳听古德罕名字就分外憎恨，
但对乌布林的哄乱又隐隐同情，
央求乌布西奔帮助排解不幸。
善良文雅的乌布西奔，
不忍猎人苦苦哀怜，
升起獾油灯叩请东海神明。
她命三猎手面东跪应，
虔诚洗漱击鼓默祷，
手举血杯诵歌长吟。

德乌勒勒，哲乌勒勒，
哲乌哩咧，哲咧！
圣明的乌布西奔萨满，
昨日哑女今朝展新姿，
慧目大聪非凡质，
沙延安班夹昆[①]
是她叱咤风云的得心神祇，
唤来四宇众神齐相集。
卜占遥远的吉凶，
测卜世人的影迹，
马上迅悉千里，
晓彻细微秘事。
乌布西奔喃喃抖身，
体态似乎唱咏，
乌布西奔翩翩臂舞，
手语似乎唱咏。
神鼓劲敲声传百里远，
侍神人伴唱呼应：
“大白鹰快降临！”
“大白鹰快降临！”

① 沙延安班夹昆：萨满天禽神祇，大白鹰。

乌布西奔手舞虎尾槌击鼓迎神，
双臂突展，
宛若旋风盘转不停，
白鹰神降临神堂。
侍神人跪唱颂神歌：
“啫，啫，从天飞降像风雷电闪，
啫，啫，从山飞下像金光照眼，
啫，左翅膀扇开遮住太阳，
啫，右翅膀扇开挡住月亮，
你前爪尖搭在松阿里乌拉，
你后爪尖钩在东海巴卡锡霍洛，
你双眼看透万里云雾，
你叱咤鸣叫声震寰宇，
请助我寻找一下吧，
那个祸害黎民的糊涂罕王，
那个不顾众难逃之夭夭的有罪罕王，
那个乌布林的罕啊，
古德贝子，古德玛发，古德罕，
在哪？在哪？
嗅到他的身味了吗？
见到他的身影了吗？
听到他的声音了吗？
察到他的动静了吗？
他的猎人正蒙受在血的灾祸里，
他的亲人正不能瞑目在火海里，
他的弟兄正如无主的蜜蜂，无头的岩羊，
找不到洞穴的蚂蚁，任人屠宰的鹿羔，
苦难啊，悲怆啊，哦勒勒，
可悯啊，可叹啊，哦勒勒，
阿布卡赫赫命你，
速速找到喀，哦勒勒。”
旱天突降雨，流云南翔，
众侍人搀扶萨满安卧獾榻。

天晴细雨住，法吉呆呆惊望。
忽然，乌布西奔跃身舞双鼓，
举过长发鹰展翅，
双鼓慢合拢，向南亭立。
这是神鹰传报：
“寻人在南，
有水之邦。
黄犬相伴，
可见其王。”
三猎手甚知，辉罕地在南方，
有水之处，是辉罕南岛鳟鱼三港。
有乌布林远近闻名的晒渔网楼子，
独占鳌头者当数莫里尔坤岛，
是古德罕祖上海中猎场。
三猎手叩谢乌布西奔萨满和法吉妈妈，
急忙忙飞跑，木筏子渡海，
直奔荒凉的莫里尔坤岛。
岛上新出壳的雪雀，
白亮亮盖满石滩。
荆棘榆槐遮天，
毒蛇粗如大碗。
三男侍拿着木杆，边走边打动草丛，
大声喊唱，惊跑蛇群。
三男侍的声音，
使跟随古德罕的黄毛大狗欢咬。
黄毛大狗跟主人逃到荒岛，
一片静寂，
三男侍常随古德罕，
所以，声音非常熟悉，
从草丛中蹿跑出来，叫着，跳着，
像见了亲人一样亲，
哀吠地向他们诉着怨恨。
三男侍兴奋已极，

抱起大黄，登上孤岛藤楼中，
果见古德罕抱醉长眠像个死人。
黄狗舔醒了主人，
古德罕，羞惭得难睁眼睛。
方知劫难笼罩乌布林，
罪恶啊，自酿的苦酒自来吞！
三男侍从怀里掏出
南罗锦妈妈临终的铜板钟，
古德罕热泪纵横，
悔恨得捶打头胸。
闻知乌布西奔不计前仇，
指使他们找到此岛。
百感交集，
惭愧自责，
无地自容。
恶魔迷透了心窍，
罪害家园，罪害族众，
古德罕生平首次胆战心惊。
三男侍劝额真迅即回去，
乌布逊像大海中的航船，
面临沉没之灾，
快去拯救吧！
古德罕终被赤诚感动。
主奴连夜迅返乌布林，
古德罕跪地，跪向——
南罗锦妈妈骨冢，
乌布林山水族众，
齐齐尔德玛发，
谢罪痛哭声声。
齐齐尔德玛发说：
“额真，要顺大家的心，
还是请回乌布西奔萨满，
主持神坛，助我乌布逊。

除了她，哦咧咧，
谁还能有这样心肠和威信？”
族众们附应喊叫、欢欣，
站起来齐声说：
“额真，听老玛发话吧，
去请乌布西奔！”
古德罕蹲在地上，
低头不吭。
齐齐尔德叮嘱三猎人，
速赶木轮车再访黄獐子，
求告乌布西奔重回乌布逊。
齐齐尔德回身殷嘱古德罕：
“额真，你是古德家族象征，
神灵最喜光明磊落之人。
哪里跌倒哪里爬，
有勇气你就该亲自去请！”
三男侍同古德罕，
亲去黄獐子部。
古德罕见了法吉妈妈，
忙跪拜谢罪。
法吉妈妈将他扶起，
命侍人请出乌布西奔萨满。
乌布西奔正在杨木林里，
同一群沙里甘居[1]晾晒海马皮干。
得信，她来见法吉妈妈和古德罕。
古德罕跪地上，低头不敢仰看，
只请乌布西奔宽容，
恳请她主持祭堂，
向乌布逊神明召禀，
请乌布逊神明裁断他的赤诚，
赢得阖族对他宽饶和信任。

① 沙里甘居：满语，姑娘。

法吉妈妈跟乌布西奔形影不离，
深解乌布西奔的深深眷念，
身在黄獐子心系乌布林。
她手比哑语告诉法吉妈妈：
“乌布林，妈妈的土地，
我为乌布林而来，
有生育之恩。
我心难忘掉黄獐子，
更难能一时不挂牵乌布林！”
乌布西奔已算定迟早落叶归根，
早备好神服、铃、鼓，笑着望他，
不像古德罕心绪忐忑，
确令古德罕受宠若惊。
古德罕带着三个猎手相陪，
法吉罕妈妈依依远送，
黄毛大狗随返乌布逊。

德乌勒勒，哲乌勒勒，
哲咧哩，哲咧！
古德罕羞见乌布逊族众，
矗立光天化日之下，
日阳高煦，
自脱全身衣褂，伫立，
仅围条短皮小裤裙，
让侍人们抱来柳条棍，
狠责自己赤裸的肉身。
侍人怎忍怒打，
他号叫着命令猛劲抽痛，
周身红印，血汁滴淋，咬牙不吭，
求告族众勿宽容，惩罚狠重，
迷途知返，痛改前非，牢记血训。

要为乌布林重整旗鼓，
像年轻古德贝子那样忠恳，
要不辜负乌布林父兄系念，
像少年古德贝子那样爱群。
长寿翁齐齐尔德，手拄鹿骨杖，
蹒跚走来，白发如银，
活过了七十个冬春。
他既是南罗锦妈妈义兄，
又是老罕王古德罕阿玛驯狗人，
古德幼年在他怀抱喂过肉粥、哈什蚂羹，
怒气冲冲地嚷道：
“古德你大嚷大叫干什么？
黑熊从高树上掉下，照样还要爬树，
皮肉挨打，伤疤好了就能忘记痛吗？
谁能还敢相信你的誓言？
按照乌布逊古老的祖训，
只有让祖宗和神明，
裁决你的心迹，
是真、是假、是虚、是实，
我们众人才敢奉你为罕，
听你的安排！”
在场人同声应对：
“让神灵显示你的赤心吧！
让祖宗评断你的忠诚吧！”
按祖先规制，评断神迹，
必有先人和萨满主持。
可是，乌布逊谁能主掌
这神圣的大权？

昨日哑女，今日乌布西奔，胜任古德的公判人，闭目坐在神坛前花床上，敲着有德里给奥姆妈妈神像的鲸鱼椭圆大鼓，族众虔诚默求乌布逊众神降临，拯救乌布逊，拯救和宽恕古德罕王，使他头清目明，重蹈光明之路，让乌布逊不能没有罕主啊！

古德罕赤裸上身跪在神坛前，身上抹满献牲的鹿血、鹅血和鱼血，祈告神灵，今天神坛前要经神验的人——就是满身抹着献牲血的罪人，请神明明断，神明明示，神明明裁。

乌布西奔按祖规，用手语嘱告侍神栽力[1]：

第一验示为火裁设火坛，走九杆长二杆深火堆，让火神验示古德罕的诚心；

第二验示为水裁：设水坛，走九杆长三杆深的水塘，让水神验示古德罕的真心；

第三验示为鹰裁：设鹰坛，走在五只凶隼、四只凶雕之间，鹰雕饥饿三日，让鹰神验示古德罕的献心。

乌布林毕拉和布鲁沙尔河交汇处，
矗立的毕牙砬子下建神坛，
命古德罕不准雇佣奴仆，
自己刻榆、槐、柳神像三十尊；
自己编做藤、葛、茅神像三十尊；
自己堆做石、砂、红石、黄土兽神九尊；
自己树起木椿神柱九尊。
古德罕从第一个黎明忙到第七个黎明，
赤臂、赤脚汗流浃背，虔诚至极，
验考神断，
精心自制神位也是神明裁验的重要祖制。
当初夜，塔其布离星神升入中天，
齐齐尔德玛发率乌木逊族众，
齐聚乌布林毕拉河滨神坛前，

祭杀三只鹿、三只鹅、三尾两杆长的红翅鲨鱼，血洒四野，围众捧上九色野花，插满祭坛，有勇有谋有斗志，平安穿过雕阵。

乌布西奔敲鼓吟咏。忽然，神灵降身，乌布西奔从花床跳起，口吟哑女之歌。她边敲鼓，边像飞翔一般，跳到祭坛中央的古德罕面前，轻轻把鼓顶在头顶，双手一举把古德罕举了起来，

① 栽力：满语，萨满祭神时的助手，助神人。

轻轻一扔，古德罕不知不觉却站到了火塘前边。乌布西奔头顶神鼓平稳如初，气不长吁，面不改色。众人皆屏声暗叹，敬佩乌布西奔的神风。

乌布西奔将皮鼓疾速旋转，敲出鸟啄声节，作舞述语，娓娓动听。随身几个女侍神萨满，边看边高声译唱：

“古德罕、哈哈济，端吉给孙勒勒[1]
——古德罕小子，你恭恭敬敬听啊！
我是奶奶神主佛伦丹珠其妈妈，
奉塔其乌离星神赶来劝尔行：
乌布逊乌咧哩，祖宗基业乌咧哩，
熊鹿獐狍乌咧哩，旷古沃原乌咧哩，
穴屋暖帐乌咧哩，鱼肥船满乌咧哩，
福禄之野乌咧哩，尔享祖荫乌咧哩，
安能惰怠乌咧哩，前遣刻铭乌咧哩，
尔有我佑乌咧哩，志在更新乌咧哩，
速过火海、水潭、鹰窝乌咧，乌咧哩，
亲族后裔乌咧哩，助佑古德乌咧哩，
勿惧关山乌咧哩，众志成城乌咧哩，
余信尔诚乌咧哩，福寿永昌乌咧哩。”
古德罕匍匐在地，泣不成声。
众族人聆听神训，
个个热泪盈盈。
乌布西奔又敲响皮鼓，
侍神人命古德罕验身、冲入火坛，
古德罕早已忘却畏惧，
犹如祖神在身，
高唱着“众神啊，祖灵啊，
验示我的赤心吧！”
声如惊雷。
族众从四面八方齐声呼喊：

① 端吉给孙勒勒：满语，(恭) 听 (神) 说。

"嗐，嗐，嗐，嗐，
乌咧哩，乌咧哩"，山摇地动。
助神人在旁高声唱着：
"神明赋予参比者智能，乌咧哩，乌咧哩，
同等分量的智力，乌咧哩，乌咧哩，
同等分量的勇敢，乌咧哩，乌咧哩，
同等分量的体力，乌咧哩，乌咧哩，
同等分量的心绪和情感，乌咧哩，乌咧哩，
同等分量的忍饥和耐劳，乌咧哩，乌咧哩，
多疼多爱，乌咧哩，
多亲多助，乌咧哩，
是鹰，就飞向高天吧，乌咧哩，
是虎，就纵出森莽吧，乌咧哩，
是海蛟，就翻起巨浪吧，乌咧哩，
是巴图鲁，就该一往无前地迈进吧，乌咧哩！
神明我——在公判孰是孰非，乌咧哩，
孰劳孰能，乌咧哩，
公公平平，乌咧哩
准准正正，乌咧哩，
不差发丝半根，乌咧哩。"
助神人唱着乌咧哩，
鼓猛劲敲着，族众呐喊着，鹰雕嘶叫着，
古德罕高喊着早已走过火塘，穿过水潭，
安然搏斗着吓走鹰雕，
大步走到神坛前，
大口喝干一坛血酒，跪地叩头，
又跪到神明前，听众裁断。
乌布西奔做手语，助神女萨满们高声传谕：
"乌咧哩，乌咧哩，
乌布西奔大萨满已问过乌布逊神灵，
古德罕是信得过的乌布逊好子孙。
神祖问乌布逊族人们，
你们是否同意？信赖？应允？

古德罕还做你们的罕么，
矢志跟随他，重创乌布逊啊？”
“答应！珊音[1]！
信赖！珊音！
应允！珊音！”
乌布林回应了！
乌布逊沸腾了！
所有的猜忌、仇视、嫉恨，
抛到九霄云外，
古德罕被族众抱起来，抱头哽咽。
惊飞起云雀群群，
轰跑起松鼠匿洞。
族众虔诚挽留乌布西奔，
祈请她肯做乌布逊萨满。
齐齐尔德老玛发同古德窃窃私议，
古德依旧迟疑难允，
气得老玛发要打古德，
举起了鹿杖。
乌布西奔笑而不答，
向满地跪着的乌布林族人，
让随侍者传音：
“只要乌布林虔诚敬神，
阿布卡赫赫会赐送福讯。
今日法吉妈妈需有事相助，
晨光普照时我来乌布逊。”
说完，与随侍返回黄獐子古林。

德乌勒勒，哲乌勒勒，
哲咧哩，哲咧！
一连熬过六个冬春，
古德罕力践神誓言行，

① 珊音：满语，好。

为氏族不知疲累，
为氏族激流勇进，
白发多多，骨瘦嶙嶙，
不贪美色、酒肉，判若两人。
乌布逊绽开了新生蓓蕾，
犹如红日东升。
虎老没牙百兽难惧从，
古德暮年远失往日威名。
齐齐尔德携鹿杖病葬后，
部落群雄纷争，
像好斗嘴的白脖喜鹊，
天天争吵不宁。
瘟疫漫染，
葬尸抛满溪径。
瘦羸的乌布林毕拉，
像患上了灾症。
古德老罕王手足无措，
率侍人祝祷神坛：
“神灵庇佑，乌咧哩，
赐降新主，乌咧哩，
惩戒乌咧哩，
不知何缘由，
乌咧，乌咧哩。”

德乌勒勒，哲乌勒勒，
哲咧哩，哲咧！
乌布林的鼓声和古德罕的祝愿，
乌布西奔梦里知端详：
晓知德里给奥姆妈妈传来谕言，
乌布西奔是乌布逊萨满，
就是乌布逊的人。
乌布林的儿女，
乌布林的孩子，

神光惠照……

德里给奥姆大神，
受天女三姊妹之命，
向众宣谕：
乌布林毕拉吉祥之地，
吉德罕一生慈诚。
今让我的爱女——
乌布西奔助众复兴图强。
勿生猜忌，
勿生妒念，
相爱相亲，
敬诚共勉，
乌布林雄鸡报晓开新天。
德乌勒勒，哲乌勒勒，
哲咧哩，哲咧！
突然，东海清晨出现两个太阳，
红光照彻了河边豹皮帐，
东山来了赤脚哑女。
招手能换来白鹰成千，
招手能唤来鲟鱼跃岸，
萨满的神鼓，
乘坐能追逐飞雁，
滚荡的激流，
脚踩如履平川。
她用手语告谕罕王族众，
她自称是东海太阳之女，
选中了熟鱼皮的哑女，
奉谕来乌布逊执管，
身领东海七百嘎珊萨满神位，
便可使乌布逊永世安宁。
会像旭日东升，祥光永照，
平定盗寇，四海升平。

如果不准领受萨满神主，
乌布逊老幼必遭罪咎！
古德老罕王虽摇头难信，
也只好照谕奉迎。
嘎珊萨满齐到楼下，
次晨，螺号齐鸣，
倾族众人山人海，
古德老罕王跪请哑女，
身边陪伴还有仆从与众萨满，
女奴成千，彩衫如海。
群山百鹿，
松柏翠柳，
红雁白鹤，
都翘盼天女萨满出世。
洪乌[①]响了，
神鼓响了，
众萨满焚香叩拜东海云霓，
只见从江心水上走来了
一鸣惊人的哑女。
她用海鱼皮做了一面椭圆鸭蛋鼓，
敲起疾点如万马奔驰。
她把白鼠皮披挂全身，
她把灰鼠皮披挂全身，
她把银狐皮披挂全身，
她把黑獭皮披挂全身，
她用彩石做头饰，
她用鸟骨做头饰，
她用鱼骨做头饰，
她用獐牙做头饰，
她用豹尾做围腰，
她用熊爪做围腰，

① 洪乌：满语，铃铛。

她用猞尾做围腰，
全身披挂百斤重，
坐在鱼皮鸭蛋神鼓上，
一声吆喝，
神鼓轻轻飘起，
像鹅毛飞上天际。
在众人头上盘旋一周，
忽悠悠落在乌布林毕拉河沿。
一群水鸟飞游展翅，
鱼群蹿出了水皮儿。
乌布林毕拉众头领个个目瞪口呆，
乌布林毕拉的盗首个个抱头慑唳，
乌布林毕拉的毒瘟顿时烟消云散，
乌布林毕拉的天空立刻晴天万里。
众萨满跪在女萨满跟前，
古德老罕王手捧金印叩拜神女。
女萨满扶起众人，紧握老罕王的手：
“我为乌布逊部落安宁而来人世，
你们就叫我乌布西奔萨满吧！”
从此，东海响彻新的征号，
——乌布西奔萨满大名百世流传。
日月辉辉，
东海茫茫，
乌布西奔萨满功高盖世，
便齐称乌布西奔妈妈。

第五章　女海魔们战舞歌

德乌勒勒，哲乌勒勒，
哲咧哩，哲咧！
乌布西奔萨满啊，
遵奉神的意愿，
得到古德罕的特允，
在乌布林毕拉荒芜的莽原，
规创宏图，
选址筑就神坛、神位、
神柱、神棚，
立坛拜神、颂神。
往日，
乌布逊部人是断线风筝，
居无定址，斗殴胡混。
而今啊，
神坛学礼，和睦相亲。
往日，
古德罕六十年来一言定音；
而今啊，
古德罕鹤发容颜，一改常情，
像年幼的孩子，
像渴求的苍鹰，
规规矩矩，
左右跟随，
全凭神母安排，毫无怨声。

德乌勒勒，哲乌勒勒，
哲咧哩，哲咧！
乌布林百余年来，
风自吹，草自青。
白云匆匆过，
绿水幽幽深。
花开花落，
顺其自生。
人生人死，
悄然何闻。
乌布西奔哑女，
给乌布林送来歌舞的春天；
乌布西奔哑女，
给乌布林带来旺盛的生命；
乌布西奔哑女，
给乌布林引来奋发的双桨。
乌布西奔哑女改变了，
千载睡土旧貌容颜，
哑女——不，美女，
哑女——不，神女，
哑女——不，圣师，
哑女——不，睿智彻天。
乌布林是众神的家园，
普照翠海，
光明无限。
乌布林——
再不是脱缰的马，乌咧哩，
再不是无娘的儿，乌咧哩，
再不是荒僻的生野，乌咧哩，
再不是野鹿的哮原，乌咧哩，
再不是蝎蟥施虐的枯水，乌咧哩，
再不是蚊蚋追鸣的暗滩，乌咧哩，
太阳普照乌咧哩，

乌布林毕拉，
月光普照乌咧哩，
乌布林毕拉，
神鼓轰响乌咧哩，
乌布林毕拉，
乌布西奔萨满，
在乌布林建起十一座神殿，
像乌布林毕拉河畔十一座金楼，
矗立云天，
百部来朝。

德乌勒勒，哲乌勒勒，
德乌咧哩，哲咧！
卡丹花迎风舞动，
黄姑姑鱼跃出莲萍，
欢乐的鹊群盘旋竞鸣，
争奶的鹿羔群，
从黄花地跑进乌布西奔院庭。
萨满们载舞欢庆：
“这是吉祥的福音啊！”
乌布西奔大萨满不知疲惫，
自来乌布逊部日理万机，
友联黄獐子和珠鲁罕两部，
主持神圣的祭礼联盟，
遮萝而眠在星光闪烁的望海亭。
她梦里见到了塔其布离星姐，
拿着一盘鲜艳的“托盘”①和“山里红”②，
吃得香甜，笑容韄韄。
她也从盘里抓起一粒托盘，
噗地扔入嘴里仔细尝品。

① 托盘：即草莓。
② 山里红：北方生长的一种野生树上结的红色果实，类酸楂，果实小，俗称北方山楂果。

托盘果甜溢蜜津，
芳香醉人被甜醒，
托盘果咽进了腹中。
她匆忙坐起身，
桦皮帐外月光如水透窗棂，
明月佼佼，望着她正凝神。
乌布西奔脱口说了声：
“月神啊，多美的月夜呀！”
身边侍女十余名，
闻听话语全惊醒。
震天喜讯飞遍乌布林，
乌布西奔妈妈啊，
早先降神才能哑人变常人，
现如今平时也会说话啦！
乌咧哩，乌咧哩，
咱们的乌布西奔，
从此不再是哑女。

德乌勒勒，哲乌勒勒，
德乌咧哩，哲咧！
卡丹花绽开盛艳，
黄姑姑鱼跃水狂欢，
喜鹊高枝叫不停，
梅鹿送祥彩蝶翩翩。
古德罕狂喜万分，
乌布林男女笑开颜，
萨满妈妈跳“鹿窝陈”[1]谢神灵。
忽然，侍卫传报古德罕：
“乌布林今天降临喜讯啦，

① 鹿窝陈：“窝陈”，满语，祭，为东海女真人传统的萨满吉祥祭礼。鹿，繁殖能力强，寿命长，生存能力强，集群爱群本性强，古人以鹿为生存榜样。所谓鹿祭，即氏族平安祭。鹿祭，在北方诸民族萨满祭礼中，有悠远的历史，各族各部虽各有特色与发挥，但主要宗旨大体一致，主要祈福风调雨顺、人寿年丰。古代跳鹿神，祈求康宁，无病无灾。

黄獐子部、珠鲁罕部
兄弟来同贺，
并愿与乌布逊结伙，
做乌布逊旗纛下
英雄一员！”
古德罕和乌布西奔，
亲率众族丁，
走出皮帐，
远出数十里路程，
山花铺路，燔蛙盛宴，
载歌载舞，纵情款待，
黄獐子部和珠鲁罕额真
——法吉妈妈、班金玛发光临。
迎亲舞，踏歌舞，乌咧哩，
野人舞，渔人舞，乌咧哩，
醉人舞，鹤翔舞，乌咧哩，
鹿鸣舞，蟒匍舞，乌咧哩，
篝火熊熊，乌咧哩，
铜鼓吟吟，乌咧哩，
皮弦嗡嗡，乌咧哩，
欢乐啊，兄弟相聚，乌咧哩，
再没有了厮杀、猜忌，乌咧哩，
各部拥戴乌布西奔为总祀萨满，
各部推拥乌布林古德罕为盟长玛发。
歌舞、欢宴，
连连两个通宵，
众部落男女忘掉了疲劳。

德乌勒勒，哲乌勒勒，
德乌咧哩，哲咧！
乌布林云天中，
响彻乌布西奔的歌喉，
乌布林林海里，

回荡着乌布西奔的神语，
乌布林洞窟沟谷内，
冲塞着乌布西奔的声音，
乌布林和东海啊！
震响起乌布西奔的神鼓、
神鞭、神铃、
神板、神钟，
神佩万响，日夜相连，
嘤嘤不绝。
乌布西奔滔滔不绝，
向乌布林族人，
传谕神的古趣儿，
讲颂神殿的威容，
娓娓动听。

阿布卡赫赫三姊妹女神，活泼聪慧，终日不知休闲，把中天划分天区十二方，便于观察、主宰，周身秀发全为警戒之目。中天分二方，她们三姊妹居于中天之右，左天神鹿是她们的坐骥，神龟是她们的天舟，天云是她们的小威呼。中天又分为东南西北和四角十方，巡游周天。十方各为四方，均由各星属女神执管。星海有路，各归其属。千载万代，循复无已。

山、云、雷、闪、雪、冰、风、雹、霁、雾、尘埃、露、雨、蚀、潮、浪、冻、凇、凌、浴、流、泉、氤、虹、炬、灶、洋、洲、霭、霄、霓、霜、霞、灵三十四位大神，与山、云、雷、闪、雪、雨、虹七位辅神，共计四十一位尊神。

月、星、光三神，和乌鸦、喜鹊、天鸠三侍女神，共计六位尊神。

第一座金楼神殿，矗立山巅，
主宰寰宇，众神俯首。
高踞中天啊，
主宰穹宇的阿布卡赫赫，
制服耶鲁里，

带来了欢乐的世界。
身边有巴那吉顿姆女神，
身边有卧勒多妈妈女神，
天母之妹啊，
三女神裂生于世。
互不能分，
同生同在，
永生永存。
巴那吉额姆主宰地隅，
卧勒多额姆主宰星辰，
三位妈妈神啊，
养育了万物生命之根，生命之源。

巴那吉妈妈性憨，喜睡。卧勒多妈妈活泼好动，永不停歇地身背着小皮口袋，在天宇间布星神祇，主管穹宇千星、万星，是天上的魂桥布撒神主。

阿布卡赫赫——神圣的天母，主宰穹宇，身边护拥女神三百三十位之众。

洪荒开宇时，同阿布卡出生入死，生死相依。耶鲁里被牢地心，天宇重开。大地才长青长绿，万木葱茏；生命才滋生滋育，虫声唧唧，鸟兽常息。

阿布卡赫赫显赫亲随女神，辅佑天母。德林天女、温金天女、布罕天女、美梅天女、秋罕天女、察林天女、布雅天女、留肯天女、齐齐天女、顿顿天女，主管上天。

其敏天女、木林天女、乌达天女、麦阿天女、文兴天女、缶由天女、岔布天女、曼音天女、徐运天女、乌鲁天女，主管中天。

夹加天女、巴那天女、乌林天女、音达天女、没音天女、瓦卡天女、顿云天女、毕钦天女、布温天女、萨林天女，主管下天。

满鲁赫、达其布、乌布锦、达林布、其雅其、木民吉、忙嘎亚九女神为巡天大神。

巴那吉额姆显赫亲随女神二十七位，辅佐地母。其中，最亲要属大神，

首推执宰东海的光明神——德里给奥姆妈妈，乃东海生命

之光、之源、之基。

德力给奥姆妈妈下属十三位尊神：追日神、送日神、海豹神、海熊神、鱼神、龟神、海蛇神、蛙神、海风神、礁石神、海鸟草卉神、蜥蜴神、岛鬼值日神。巴那吉额姆身边亲随女神，还有：

班达妈妈玛发、谷鏊神、洞窟神、鬼府神、山巅神、河流神、江湖神、山峦神、林莽神、指路神、沙丘神、雪域神、碱滩神、石林神、地火神、旱神、虫神、地瘟神、土运神、地藏神、植育神、地祓神、窝棚神、穴室神、窖神、树神、万牲万禽神。

卧勒多赫赫布星妈妈，人身鸟翅，身背装满星辰的小皮口袋，主管天宇、星辰、星路、星桥，身边亲随女神四十二位，辅佐星母。

德里给奥母妈妈，受三女神之命，为了把太阳光辉，世世代代普照万物生灵，将自己的心灵火光，吐出一块儿，凝生成一个新日——光芒万丈。它能常栖居在万物的心灵中，使万物聪慧、照明，总能识途，不会迷茫。这就是万物心灵的“托户离”[①]——明镜啊——光芒之神。

“托户离”在心里，
在意识里；在信念里；
在意志里；在幸福里；
“托户离”在生命的自强不息里。
它与消沉、颓伤，永世无缘。
这是奥姆女神给万物的最高护神。
“托户离”妈妈统管着，
“安班额勒尊妈妈”
——大光明女神，
“阿吉额勒尊妈妈”
——小光明女神，
“图门额勒尊妈妈”
——万道光辉妈妈，

① 托户离：满语，铜镜。

主宰着世间万物心田中的光明，
照耀、眼明、心亮、温暖，
坦途无疆，灾凄永遁。
德里给奥姆妈妈，受三女神之托，
为了把长寿永远送给世间万物，
将自己的心灵火光，
吐出一片，
凝生成众多长命女神，
祥光四射，福雨绵绵。

自称查拉芬妈妈神群，统辖主宰女寿神、男寿神、老寿神、小寿神、兽寿神、禽寿神，万花万草万木万鱼万虫万万生命护寿神。

东海人寿年丰，吉神高照。
德里给奥姆妈妈，受三女神之嘱，
为了把病患永远抛离于世间万物，
将自己的心灵火光，
吐出一团，
凝生成阿米塔妈妈神群。
阿米塔妈妈主宰医抚百症：
离苏管肺喘，
丘琴管腰酸，
安琴管腿疾，
那离管下泻，
米牙管生蛆，
卡古管头疮，
难奇管心痛，
阿米管苦疟，
阿勒管暴疼，
胡吉管眼盲，
库鲁管口歪，
班克恩管心颤，

图库管冻馁，
沙浑管呆痴，
混泌管生育，
库伦管难产，
都离管晕厥，
班克管小耳灾，
努克管老人灾，
嗄克管女人灾，
格克管万症灾，
尊神妈妈，
抚育东海无殃，
“四克”女神辅佐安康。
德里给奥姆妈妈，受三女神之权，
为了平抚四宇，永无怨愤，
将自己的心灵火光，
吐出一绺，
凝生成了合布离妈妈神群。
合布离妈妈主宰游魂安所，
布凡妈妈管游魂，
布安妈妈管浮魂，
班哥妈妈管招魂，
毕亚哥妈妈管夜亡魂，
毛新妈妈管失主魂，
宏克妈妈管寻落魂，
波叶妈妈管久敬魂，
都七妈妈管转生魂，
鄂林妈妈管降生魂，
莫音妈妈管冤诉魂。

德乌勒勒，哲乌勒勒，
德乌咧哩，哲咧！
乌布西奔唱讲开天古趣儿，

众族人个个如醉如痴，
惊诧万状，
收敛了不恭的疑容，
收敛了骄蔑的眼神，
收敛了卑伪的鬼智，
收敛了咆哮的厮拼。
神的声音，
神的抚爱，
神的光彩，
神的慈心，
像雨汁洒入荒寒的乌布林心田，
像甘露流入古野的乌布林血脉。
奉物啊，献牲啊，
踏歌啊，疯舞啊，
簇拥着乌布西奔，欢歌雀跃。
乌布林萨满的美号，
艳阳高照，
不敢懈怠。
乌布西奔语重心长说：
“纵然有众神庇佑，
幸福仍靠双手创取。
无力的安适是死亡，
无心的度日是自枯，
无为的徜徉是自残，
无志的前程是退灭。
耶鲁里仍时刻作诡，
耶鲁里仍日夜睽睽，
不可松怠啊，乌布林，
乌布林必是温馨乐园。”
众人询问耶鲁里故事，
乌布西奔召请
记忆女神布安都里临世。
乌布西奔阖目代咏：

耶鲁里化成九头鸟怪，
年终岁尾还临祸世间。
然它怯惧光明，
要常燃篝火、灯明。
耶鲁里魔鬼本性不改，
时时虎视眈眈幻害世间。
自警啊，善良的人，
自警啊，慈爱的人，
自警啊，不知防范的人，
自警啊，幼嫩的人。
耶鲁里化形亿亿海砂，
粒粒幻砂兴恶氛。
都托是窃贼神，
豪托是谎言神，
托欧是骗语神，
多威是奸诡神，
曾吉是危宅神，
角亢是地陷神，
安俄是夜噬神，
德林是伪善神，
卡妞是怪鬼神，
胡突是魔妖神，
沙林是无头美女神，
玛呼是迷人神，
喝荣是暗算神，
博诺是冻鬼神，
窝浑是臭味神，
苏楼是噎膈神，
达巴奇是抢掠神，
都岗是瘦鬼神，
果尼是思症神，
茹薄是戏谑神，
拨其是撒癫神，

哈雅是淫荡神，
德化是离心神，
莫诺是瘫神，
亚顿是吼病神，
衣嗄是天花神，
库孙是膨闷神，
河督是疥神，
莫若是水痘神，
哈它是痘毒神，
喝勒是哑巴神，
门棍是愚傻神，
杨桑是唠叨神，
拉齐是软瘫神，
顺郭是哭神，
麻占是矬神，
牙里土是肥胖神，
克里是麻子神，
俄脱是丑鬼神，
黑亚里是斜眼神，
图伦是万祸神。

德乌勒勒，哲乌勒勒，
德乌咧哩，哲咧！
像桂罂草的白汁，
像海冬花蕊的白粉，
像火缤鱼雌雄追逐相喷的甘汁，
像望海梅晚霞中喷放的香雾，
像石岩小鹿胯下的香麝，
像海涛日夜冲涤的草乌花……
萨满通往神界的灵药，
任何一滴都可使魂魄荡漾，
任何一束都可医治族人的病疴。
乌布西奔身披九色神篷，

依凭魂魄游遍八方四宇。

萨满迷晕隐药，已知乌头、蛙酥、一品鲜、爬地蛛，都是乌布西奔梦得的峻剂。以神鼓为云雷，身怀百药为利刃，驱召东海寰宇众神灵。

在海涛敲击的板卡根古树岛上，
居住着依兰明安毛恩都力。
在飞鸟喧哗的坦坡儿阿林上，
安卧着那丹图们安班恩都力。
在惊涛激荡的德里给奥姆怀中，
漂居着至高无上的舜妈妈和她统属的
——像浪珠般银洁的众多妈妈恩都力。
在绵延的锡霍特老爷岭大地上，
酣眠着慈祥的巴那吉额姆和她统属的
——无垠无尽的发扬阿恩都力。
在北海雪绵绵的冰山冰海上，
凶悍的海豹神苦鲁，
长须鲸神尼玛达哈
和她统属的托洼阿林恩都力。

所有众神都聆听乌布西奔的调遣。后来，乌布西奔远征堪察加，鲸鱼神、万年神龟，化作海鸟，从堪察加飞来送书、送食物，用木作筏，漂流而归，一路风顺。[1]

德乌勒勒，哲乌勒勒，
德乌咧哩，哲咧！
在七月灿烂的骄阳映辉之下，
在一株株山丁树环抱的山峦下面，

① 笔者采录《乌布西奔妈妈》全长诗中，未涉及这些故事内容，可知乌布西奔妈妈故事在东海一带另有传讲，间接证实其传播久远。

在百合花郁香扑鼻的簇拥着土丘中间，
九十九色的莲花旗迎风飘摆，
神坛的重地中央，
用白鱼骨和龟骨铺成了椭圆形花饰神床，
三十只豹骷骨堆起祭坛的北墙，
这是乌布西奔摆放神鼓的地方；
三十只虎骷骨堆起祭坛的南墙，
这是乌布西奔恭放神服的所在；
三十只羚羊骷骨堆起祭坛的西墙，
这是乌布西奔敬放神佩的地方；
三十只海鹅、海狮、海豹、海狗肋骨，
九十颗天禽骷骨堆起雪白耀眼的东门，
这是乌布西奔拜奠的神秘圣地。
咚咚鱼皮鼓声中，
浪尖里划来十只柏木长舟，
十只长舟中，拘俘着一只巨鲸。
巨鲸喷跃着巨浪，排山倒海，
激涛像天雨铺卷了十里长林。
天雨降着黄花鱼、鲭鳞鱼、扁头鱼、
长带鱼、小团鱼……
木鼓咚咚，皮鼓咚咚，
骨枷铮铮，石枷铮铮，
阖族齐向东天祭拜，
遍山遍野，欢声雷动。
一声螺号，二声角号，三声桦号，四声骨号，
数十名族众用木杈猛刺鲸鱼鱼尾，
一声爆啸，鲸鱼像有神力助举，
安详地跃上祭坛石案。
乌布西奔身穿洁白的圣服，
双手掐着双柄捆着锋刃的尖刀，
身后跟着五名捧着榆木盒的侍女，
在急迫的神鼓声中，跪祭在鲸鱼之前，诵念神诗。
九名萨满扮装的侍女，

夹着用海龙草捆缚着的从海岛擒来的长毛男女魔。
两魔双眼紧闭，奄奄一息，
被献到鲸鱼祭坛案前。
众萨满捧来干黄如锦的海草，
蔓苫男魔、女魔身上。
鱼皮鼓响了！龟板鼓响了！
洒洁海水，
点起海豹油抛在男魔、女魔草捆之上。
在嘶号声中，
然后站起，
用双手四只利刃划开鲸鱼的颈部。
此刻夕阳西下，大海被红日映红，
篝火点燃，
鱼血与鲜红的海水相映，
夕阳下的海涛在拍岸，
神坛下的鱼血在奔流，
染红了祭坛的北墙，
殷红了祭坛的南墙，
印红了祭坛的西墙，
遮住了祭坛的东门，
圣血向四方滚淌，
圣祭的族人欢跃着跳进血海中，
滚躺着，蹦跳着，喝着，与晚霞映红一色，
象征着天母赐予了不尽的福祉和阳光……
白桦林在银色的月光下忧伤沉寂，
十九位裸胸坦臂的女萨满头上戴着香水花的花环，
耳上缀着虎牙的牙坠，
鼻上吊着鱼牙的鼻环，
脖上围着野猪牙的项饰，
两腕戴着骨胶粘成的木铃，
前腋罩着兽面雪豹皮，
脚腕套着海龟脖花骨的骨串，
半跪着双手持鲸肋骨击着节奏的响声。

一位瘦骨嶙峋奄奄一息的老妇，
众人哀号悲鸣，哭跪在乌布西奔四周，
孕妇赤身裸体，小山峰似的肚皮，
忽上忽下的蠕动，
一连三天三夜，
难产的痛苦使她痛不欲生。
一声螺号，二声角号，三声桦号，四声角号，
乌布西奔敲响了鱼皮神鼓，
突然命侍女摘掉神帽，
乌黑的长发随着乌布西奔的旋转像黑伞一般，
照向病妇，
半跪着身躯，蹲跃、唱跳、击鼓，诵唱着，
围着病妇紧绕九圈，
九位侍神萨满的骨鼓击得更加激耳，
山峦、大海、河流、百兽都被乌布西奔的神威震撼，
山鸣海啸，浪涌三丈。
为救奄奄一息的生命和未见人世的幼儿而激越、祈祝。
乌布西奔突然从地上跳起，
扔掉神鼓，从大水槽中抓起两条红花毒海蛇，
大口大口吞吃，
毒液顺嘴流淌。

昏迷中将嚼烂的毒液口对口喂到病妇的嘴中。乌布西奔又从大木槽中取出两个黄翅飞鳞鱼，大口大口嚼，毒液使她双眼像冒着血丝。

仁慈的乌布西奔躯体并不为她本人所有，
受神命而来的乌布西奔，
唯有族人的安宁与康泰，
口用毒液，
舔洗着病人鼓胀的腹肤和肚脐，
不停地用抖栗的双手揉抚病妇腰背，
边口唱着“阿奔阿达里、阿奔阿达里”，

揉按着呻吟的病人，
热汗湿润了乌布西奔的周身，
拭汗的侍女们也已经汗流浃背。
当星星消逝在白桦林中，
东天闪出微微的白光，
一声清脆的亮音迎来了东方的旭日，
九侍女将母女欢跃着抬进帐包。
乌布西奔却昏厥在血水的地上，人事不省。
日出日落，在部落弟子九天神鼓中，才慢慢苏醒。

德乌勒勒，哲乌勒勒，
德乌咧哩，哲咧！
在波涛汹涌的莽古里海滩，
五十对穿着黑鸟羽服的丧女张翅翱翔，
三十对身披黑熊皮的丧男翘首顿足，嘶哭哀号，
十九对身披黑色鱼皮的白发老人，
仰天舞手哀号沧海，
十九对身披黑羊皮的苍发老妇，
摇身翘首，咩咩长吟。
身披白色天鹅羽毛斗篷的乌布西奔，
头戴海鱼骨编织的银色神盔，
身穿鲸鱼骨片编成的银色神甲，
足登鲸鱼骨镂刻、黑衬貂绒高袜的轻腿靴，
手击黑石板，边跳边咏，
白鸥翱翔，疾鼓声声，
哀舞抒衷，召请祖灵。

乌布西奔身披羽衣，昏迷中翩翩起舞，在花雨中攀上九丈高的海滩圣坛，走近四周用九颗白杨树围拢的神棚，焚香祈神，向海中扬撒鲜花。花瓣纷飞，象征寻魂的飞舟。然后，从九丈高的神坛上似海鸥旋飞而下，轻盈无声。

乌布西奔手牵古德族众，

悠然阔步，背手捋髯，
仰首腆腹，憨态可掬，
慈眉善貌，其音其姿，
酷似古德先翁临世。

乌布西奔神降姿容，
后世模拟难忘，
创下了萨格达玛克辛[1]。
俗言“呼喝玛克辛”，
驼背弯腰，顿足跷脚，
哑舞自娱，世代传流。

德乌勒勒，哲乌勒勒，
德乌咧哩，哲咧！

一年，乌布西奔率众南捣东海女窟之岛，收“阿里魔女”。“阿里言其迥异大陆，生活乖张，怪人也。”据讲，其域自称女儿国，女人喝岛中池水即孕。岛倡生女，生男弃于野。魔女擅舞，诡疑难解。有魔女歌云：

缕缕海丁香[2]的神烟，
笼罩白雾腾腾的阔海岸。
阔海中有个闻名的莲花之岛，
光灿灿镶嵌在碧海之间。
相传是东海女神裙上的白玉珠，
丢落在苍茫茫的东海，
化作天赐的安乐港湾。
然而，数代来为魔怪霸居，
女窟之岛俗称阿里魔窟。

---

① 萨格达玛克辛：满族女真人古舞一种，一人、十人、百人不等，全为老妪老叟合舞，甚有情趣。所谓“呼喝玛克辛”，形容老人各种声态怪貌，充满豪爽乐观的老顽童形态。

② 海丁香：相传东海岸一种野生花卉，茎与花采摘晾晒后，焚烧其烟清香提神，可除秽驱蝇蚊，同“温嘎”一样，可做祭祀用香。

鬼魂怯渡，神灵不愿涉足。
窟女远隔重洋，
在银色海鸥千翅难渡的遥远地方，
昼夜悲声。
寸岛穴室为洞，淡水一湖，奉若母神。
魔女罕王重女轻男，
岛人均传魔女喝岛上湖水而生，
生女为仆，降男弃野，
鸦鹊怜爱哺养，
多成盗寇，常密袭乌布逊，
灾祸频频。
古德罕无力远讨，
年年献皮果贡。
乌布西奔执意海征，
众部瑟瑟缩缩，
苦谏难允。
乌布西奔笑慰众族：
“我乃天母之魄，
海神之女。
乌布逊部百灵助佑，
前程纵难，
神鼓引路，
神风护随，
魔女岛必服。”
乌布逊人齐聚蜿蜒的海滩，
征师身穿晶莹透明的油浸避水鱼鳞衣，
双脚捆扎分水跂，
头戴兽皮缝制的避水通气囊袋，
潜海与湛蓝海水一色。
深谋远虑的乌布西奔，
全部遴选身随萨满做丁勇。
早从柳叶吐芽的初春，
忙到鲭鱼吐子的仲夏，

朝夕默默苦练水兵，
个个练就一身海兽本领。
既有赞神之才，
又有识海之能。
既可长游，
又可智攻。
趁阴雨连绵的雾夜，
三百神师像无形海风，
瞬间掠进莲花岛，
海魔瞬陷困笼。
然而，女岛罕王俗称比干女魔[1]，
休可小觑她身边三十秀女，
神技奇才素有威名。
个个文身赤脚、裸肌、长发披腰，
腋下海香叶和鱼皮护臂，
能歌善舞，歌仿鱼声，
俗语“尼玛哈吉勒冈乌春”[2]
以仿安昌鱼四季吐生小鱼，
声调似祭歌呼号，
其义难解，
唯魔女互通。
其舞尤奇，
迷敌特能。
文身舞者巧涂九彩岛泥，
遇敌色女蜂出，
哑然弄舞，众彩纷摇。
忽似独枝摇曳，
忽似海葵吐蕊，
忽似海鲜染地，
忽似海岛花莲。

① 比干女魔：野魔。
② 尼玛哈吉勒冈乌春：满语，鱼声歌。

纷彩斑驳，
其姿陆离。
忽伸忽缩，
忽晃忽移。
外敌情痴动色，
头晕目眩。
酥迷成虏，
心悦就擒。
女岛四季不寒，
可栖洞安枕。
魔女以草藤护身，
随风移动，
忽南忽北，
忽西忽东，
洞中陈放香果、鱼糜，
惑诱外客因饥渴误入香洞，
瓮中之鳖，自投囚笼。
恬静的海水，
常有幻女浮出水面，
其形婀娜，
其态娇艳，
其声婉约，
忽而隐入沧海，
踪影不现。
忽而从另处浪尖浮见，
踩水裸坦乳脐，
令人爱恋坠海。
若欲奋捉海魔，
水中仅掠鱼衣一缕，
魔女不详所踪，
迷茫中自吞海浪。

魔女或罩“玛虎”[1]，
海象皮、鲸鱼骨彩绘怪影，
狂跳饿兽舞、缠蟒舞、蛙跃舞，
其声如褓中婴雏儿，苦饿无亲。
偶经野岛异客，
萌生恻隐之心，
然催舟登岸，
四顾无声。
惊愕间，突围数百裸女，
妙龄不过八九。
身披藤叶、香卉，
头缠彩羽，
宛若天童。
众女手中各束一缕奇卉，
岛上特产桂兰“塔布乐”，
其香扑鼻，
蕊烟迷人，
嗅后立生幻境：
浓香舒体，昏醉呆痴，
忽现丽人，载歌载舞，
忽升树巅，忽坠花簇，
忽仰海面，忽停叶端，
轻若彩蝶，捷若小鱼，
美若神霞，灵若海鸢。
阿里怪女凭借毒卉迷幻，
屡屡将游海异伙诱引，
劫掠缚奴，坐食其利。
乌布西奔久久系念阿里怪女，
沧海施计，
决意收抚海内异族。
扫平内海屏障，

① 玛虎：满语，假面，鬼脸。

乌布逊全族上下，
如入狍帐，
行坐自如，
猎捕四方畅无阻禁。
乌布逊人跪拜古德罕、
威名远慑的乌布西奔：
“我们的罕和神主啊，
事不宜迟，
速令乌布逊无敌人马，
让千帆扯起驯鹿皮的白帆，
让千舟装满肥美的兽鱼肉干，
让流云做我们远征的信鸟，
连夜踏平罪恶难书的海中小岛。
乌布逊的威名和恩泽，
早一刻润育魔怪荼煎的绿洲。”
古德罕王颔首示意，
乌布西奔默默站起身来，
在鲸皮屏帐前缓缓踱来踱去，
良久，环顾众人说：
“动辄就施暴，踏平，
狭隘胸襟不该算是乌布逊人。
乌布逊自古怜悯四邻异族，
收养过‘它里卡古洞’三百啼饥号寒的男女老幼，
躲避‘山塔哈’[①]厄运，
拯救过啼泪的兄弟们。

在伊离哈达，征服了桀骜不驯、专以吃人脑为生的野人霍通，安抚在西海滩，安居乐业，成为同我们携手网鱼的诺达西[②]。

① 山塔哈：满语，即“珊延衣尔哈”，白花。早年，北方满族等民众，对瘟病“天花”的畏称。
② 诺达西：满语，朋友们。

我受天之命，
又幸承古德罕殷切嘱训，
不惧涉险，三下内海，
前程会有数不尽的阿里、嘎纽、糊图[1]，
等待着乌布逊的征伐。
阿布卡赫赫古擒耶鲁里，
以仁慈拓育大地无垠。
萨满历世神灵，
训育她的后人，
用自然众神的威力，
用助弱扶微的心肠，
惠济海宇。
魔鬼纵然怪舞难驯，
我早已密派心腹萨满，
身披它思哈裙[2]的突其肯，
身披亚克哈裙[3]的突其春，
身披达敏裙[4]的突其奔，
身披尼玛哈裙[5]的突其金，
潜海登岸，密习岩岛之舞，
荒蛮而为，其情可悯，
我心拜日，渴求知音。
勿分彼此，水乳相亲。
海潮送传喜兆，
我已握胜魔之能。
以武治武，
医人识症。
医症对药，
医药知性。

---

① 阿里、嘎纽、糊图：满语中泛指鬼怪的称谓。
② 它思哈裙：虎裙。
③ 亚克哈裙：豹裙。
④ 达敏裙：雕裙。
⑤ 尼玛哈裙：鱼裙。

以友求友，
以心涵心。
对魔岛阿里们，
我不取穷兵黩武之策，
以情惠魔，以舞治舞。”

德乌咧，哲乌咧，
聪颖敏慧的乌布西奔啊，
曾有多少个彻夜难眠。
白昼，静观山峦百鸟啼啭千态，
子夜，骑鹿觅仿百兽号奔动感，
月下，聆听海涛鱼宫妙音婉转，
潮涌，驾熊皮筏逐涛追波，
品学天风瞬掠的呼啸震撼。
乌布西奔从此创下名垂千古的
朱勒格玛克辛[①]、
朱勒格乌春[②]。
众徒敏学乌布西奔传授的
窝陈玛克辛[③]、
多伦玛克辛[④]、
乌克逊玛克辛[⑤]。
在习武演兵的日日夜夜，
乌布逊部落人声鼎沸，
歌声绵绵，
笑语甜甜。
征海的斗志，
激荡心田。
乌布逊在乌布西奔慧谋魔策下，

① 朱勒格玛克辛：古舞，蛮舞。
② 朱勒格乌春：古歌。
③ 窝陈玛克辛：祭舞。
④ 多伦玛克辛：礼舞。
⑤ 乌克逊玛克辛：族舞。

同棘手女魔比舞争强。
在九十堆熊熊篝火
笼罩的海岛岸上，
女魔文身裸体，得意扬扬，
双手抱着一条条东海银枪鱼，
大口啃嚼尾翅扇翘着的大鱼膛，
鱼血涂抹，肩发纵抖，
袒露肥臀胖乳，
踮脚跳着文身彩舞。
忽而旋转，
忽而顿足，
忽而跳跃，
忽而蹲俯，
腰肢柔软，犹如蜗牛踊蠕，
颈项仰俯，犹如天鹅信步。
众魔女击手雀跃，
鸣唱相合，
品声若鱼，
不解其意，
野蛮无度。
狂酣中，一声惊天鼙鼓，
震住了全岛自鸣得意的众魔女，
随着天鹅的鸣叫，
神鼓的铿锵，
九彩神绸，
九彩花瓣，
九彩神羽，
漫天飞降。
乌布西奔身穿东珠的披肩，
银雕的斗篷，
白色天鹅绒长裙，
飞鼠皮的金黄彩袖，
锦鸡绒编织的围腰，

鲸、鲨、虎、熊、豹、獾、狼、猞、狐、蟒、
貉脊梁皮绣制成拖地的神裙彩带，
带梢镶嵌着骨哨，
银光闪闪的鱼鳞皮制成的彩裤，
镶嵌着六百小螺铃，
脚穿貂绒编织的彩靴，
头戴九纹鸟羽绒编织的百条辫帽，
中间三只木雕金鸟展翅昂首，
鸟嘴珠粒伴随乌布西奔神鼓和舞步嘟嘟鸣响。
乌布西奔在神鼓声中盘旋作舞，
她是神母所生，神母所育，
神燕精魄，神燕精魂，
自幼享有神授的玉脂肤肌。
鼓声中，她默请来
风神为她吹拂神服，
云神为她翩然助舞，
鹰神为她振翼飞旋，
日神使她金光夺目，
海神伴起四海银涛飞浪，
地神派来林涛在她头顶上鸣唱，
银丝雀、九纹雀、黄蜜雀、小蜂雀、白袍雀，
不知惊吓，不怕晃动，
落满降神痴舞的乌布西奔身上。
魔女与岛上众族世代从未见过，
如醉如痴的神舞，目瞪口呆。
乌布西奔在昏迷中高声咏唱：
“德乌咧，哲乌咧，东海的儿女们，
我是德里给奥姆妈妈派来的天穹舞神，
素知东海生存着我无忧无虑的后辈儿孙，
乌勒滚玛克辛乌勒滚乌春，
永远与东海儿女生命在一起。
猜疑、妒忌、相仇、劫掠，
不该在东海角落上污染浸延。

用我优美的乌春，
用我奇妙的玛克辛，
唤回姊妹的相爱，
求来生活的丰厚，
开垦和睦的海洋。
你们站起来，
随我跳起来，
我心爱的突其肯、突其春、
突其奔、突其金，
跟好我的脚步，
让众神赋予你们舞姿和神力，
让荒寒的枯岛学会神的舞步吧！
哲依勒勒，哲依嘿嘿！”
百堆篝火燃红海天，
哲依勒勒，哲依嘿，
霍其昏，霍其昏，
呼声与欢乐如海涛相合，
整个东海欢笑啦！
乌布西奔跳起了德勒玛克辛[①]，四徒相随；
乌布西奔跳起了乌朱玛克辛[②]，四徒相随；
乌布西奔跳起了飞沙玛克辛[③]，四徒相随；
乌布西奔领四徒跳激越的顿吉玛克辛[④]。
岛上篝火迎来夜幕下弯弯小月，
“珊音珊音”，哲依勒勒，哲依嘿，
乌布逊部落和岛上的魔女们，
齐被世间难见的神舞迷醉啦！
乌布逊征人跳动起来，
全岛魔女翘首顿足，
融入玛克辛欢乐情海中，

① 德勒玛克辛：身舞。
② 乌朱玛克辛：头舞。
③ 飞沙玛克辛：肩舞。
④ 顿吉玛克辛：斗舞。

唱着，跳着，学着，
跟随乌布西奔和四徒跳起党新玛克辛[①]。
乌布西奔妈妈还将神授的
优美胡浑玛克辛[②]传授众人。
东海的胸襟，太阳的温柔，
使魔女和魔岛众族自惭形秽。
波其吉和波其西两女魁，
拜倒在仁慈的乌布西奔神裙下，
连连恳求：
“情愿永做您的仆随，
诚恳遵从您的吩咐，
我们身随的萨满色夫，
都做您的仆奴。
若能允许我们恳求，
让她们到陆上重学神术，
如愚钝不才，
甘听发落。”
说完，将岛上传世之宝
——翡翠珊瑚神裙，
跪献乌布西奔妈妈。
从此，乌布逊的英名，
益加声传百里。
附近其他无名岛屿，
在乌布逊盛名下，
恩威兼施，
乌布逊海疆跨越三百里，
不少无名鬼岛海民，
成为乌布逊部落盛宴上
一群新姊妹和手足伴侣。
德乌勒勒，哲乌勒勒，

① 党新玛克辛：连手舞。
② 胡浑玛克辛：乳舞，胸舞。

德乌咧哩，哲咧！
安查干哨卡重归乌布逊执管，
打开了直通东南海域要道，
乌布林人欢、鱼肥、猎业丰盈。
突发天花魔蹂躏西邻，
彻沐肯大玛发跑狗传信[①]，
求助乌布西奔。
乌布西奔急领侍女多名，
进锡霍特阿林山洞，
采狼毒荼、耗子尾巴草、
土瓜蒌、乌头草根，
亲手筛研，蚌炊调浸，
迅治老弱婴孕七症，
创下神方十三宗。
力倡病家息躲深渊大谷，
远避患地腐尸臭瘟。
彻沐肯四十多个日夜，
青青峻谷搭病棚，
萧萧慑祸匿消遁。
从此，传下东海躲病之俗，
山魈野叟保命经。
彻沐肯大玛发万谢千恩，
同古德罕王亲如股肱，
弑搏獠猪刺额鉴心[②]。
从此，乌布逊又打通了西路，
可直接与乌拉酋长[③]相联，

---

① 跑狗传言：东海人古代传信手段，利用训练有素的家犬互传信息，多用桦皮、彩石、皮革刻写一定符号，绑在狗脖下，迅巧便捷。

② 刺额鉴心：东海人古代铭誓鉴心的古礼，相互刺额头，将血滴入水或酒中共饮，余洒大地敬天，同申忠贞一贯，此乃金代遗风。

③ 乌拉酋长：乌拉部首领。长诗中所提乌拉部，系指明嘉靖至万历年间，东北腹地满族先世女真人建立起来的哈达、乌拉、辉发、叶赫四部之一的地方政权，位于今日的吉林乌拉街遗址。这四部便是历史上著名的扈伦四部，后被建州部首领奴尔哈赤统一，创建后金，即大清王朝前身。在历史上，东海女真人与乌拉部关系密切。

皮革鱼货直入松阿里霍通[①]。
中原布帛、珠宝、茅纸、釜器，
输进东海众部和乌布逊。
乌布西奔妈妈，
还险探南邻珲罕洞人。
珲罕部千古骇闻，
额真互卖婢奴，餍吃人肉。
女吃男奴，男食女婢，
殴杀嗜性，素无礼规，
群婢不拒，睹若常情。
乌布西奔，
挑选心腹女婚留珲罕，
命授萨满经启慰蛮心。
从此，珲罕洞人死火葬，
改掉吃婢恶俗，
众裸跪谢乌布西奔圣母。
珲罕部千古贱老，
老死不号悲，
弃野饱狼豺。
乌布西奔勉训尊老之爱，
货猎均沾，
贵儿贱老，
应遭笞责。

德乌勒勒，哲乌勒勒，
德乌咧哩，哲咧！
辉罕部俗掠异部人牙为饰，
燧人骨为耳环，
磨人骨为器匣。
乌布西奔苦口婆心传告，
仿乌布逊饰佩獾牙、猪牙、鱼牙，

① 松阿里霍通：泛指松花江流域而言。

仿乌布逊采白岩镂磨耳环、鼻环、腕环。
乌布逊、辉罕部永结和好，永不征战。
从此，
东海人传留男女大耳环、大耳套环、鼻环，
又叫“妈妈环”，
归功乌布西奔的圣绩。
东海人世代披皮为服，不晓缝连；
茅草为巢，不知筑室；
生咽肉糜，不习火食。
乌布西奔神慧天聪，
传教乌布逊冬凿地室，夏栖树屋，
习用踏板雪行飞驰，
生火、留火，熏肉烤吃。
乌布西奔还传下刻木为号，
凿削石、革记事，
以雁阵、达麻哈汛、野花开败记时。
乌布逊纲纪传世，
各部仿学，
威名远震，强大无匹。
锡霍特阿林中心盟主，
一呼百应，所向披靡。
古德罕由衷敬慕
神威无敌的乌布西奔，
奉为神母、明师，
聆听训语，事事不分巨细。
由衷感激乌布西奔妈妈，
盛赞乌布西奔迎来安康福寿，
频赐锡霍特阿林蒸蒸喜讯。

德乌勒勒，哲乌勒勒，
德乌咧哩，哲咧！
法吉妈妈、彻沐肯玛发，
同古德罕王商议，

由乌布西奔统掌，
锡霍特阿林萨满祭事，
同是她萨满圣坛下庇养的属民，
同是她拓创东海的虔诚后裔，
辉罕玛发也诚心赞许这桩提议。
古德罕笑曰：
“哦咧哩，久有此意矣，
年事高迈，呆笨德愚，
愧对先祖殷期，
情愿将乌布逊尊贵罕衣，
让给深孚众望的
乌布西奔承继。
绝无反悔，我心诚情赤！”

德乌勒勒，哲乌勒勒，
德乌咧哩，哲咧！
古德罕王，
有祖传五鹰日月冠，
传袭五代，
二百余载。
东海女罕乌布西奔，
有五鹰九珠日月冠。
金铸五鹰神骏飞翔，
金铸日月穹宇祥光，
九珠为蚌珠、鲸睛围镶，
暗夜烁目，
乌布逊人精心巧造，
专为女罕所献。

东海自古无年月，乌布西奔女罕以花鸟鱼代记，才有了纪年日：

卡丹花、吉给花衣尔哈、乌敏衣尔哈、丘根衣尔哈、吐必衣尔哈。

红姑鲁车其克、顿布林车其克、丹旦车其克、达民车其克、布苏里车其克。

衣寒尼玛哈、阿金尼玛哈、车勒干尼玛哈、布单尼玛哈、塔思尼玛哈。

卡丹、吉给、乌敏、丘根、吐必红姑鲁、顿布林、丹旦、达民、布苏里衣寒、阿金、车勒干、布单、塔思。

以“卡丹”为基，依次相连便为当年之名。来年后，“吉给”再与之相连，为第二个五年。“乌敏”为第三个五年，“丘根”为第四个五年，“吐必”为第五个五年。然后，“卡丹”与“衣寒”相连，第一个五年（二十五年），再顺序与“阿金”“车勒干”“布单”“塔思”相连，又二十五年，五十年一循环。

这是乌布西奔创造的纪年结。之前，各部落互不统一，不知年月时日。

闪亮的九颗稀世睛珠，
镌记了女罕奔波的足迹，
像一道道光辉的丰碑，
像一面面耀眼的徽旗，
像一座座不朽的巅峰，
矗立在乌布林大地，
人们在永世铭记。

德乌勒勒，哲乌勒勒，
德乌咧哩，哲咧！
卡丹红姑鲁阿尼牙，
女罕刚刚执掌权柄。
东海诸地疫症连绵，
山达哈痘毒四处蔓延，
霍乱病又突袭乌布林。
欢乐的树巢鸟屋，
顷刻间人死巢空，
横尸遍野，
山山谷谷乌鸦哀声。

古德罕与四邻诸罕，
手足无措，人心慌惊，
趋狗赶鹿逃亡乌苏里比拉。
乌布西奔追到库图鲁阿林，
才撵上逃难的众罕，高喊：
“罕是阴天暖阳，
狂海掌舵公，
怎可怕死贪生？
病魔欺软不欺硬，
该相信我乌布西奔！”
乌布西奔年轻萨满，哲勒勒，
不少人虽敬重十分，哲勒勒，
也半信半疑，哲勒勒，
一腔无我热忱，哲勒勒，
稳定了族众惊魂，哲勒勒。
她先命人驱赶狗车、鹿车、马车、牛车，
带病者分路，远离家门，
躲入山谷老林，
到从未去过的山里安寝，
做野鼠一样野居人。
然后，乌布西奔亲自采药，
日夜带领侍人沟沟岔岔挨门医病，
四邻部落也照样送药无误，
像对待本部灾民一样心肠，
问寒问暖，热热亲亲。
卡丹花开红了山谷，
喜鹊喳喳叫着迎接旭日东出。
很快，病魔让乌布西奔驱除。
各路逃难的人啊，
又纷纷重返旧部。
乌布西奔体恤黎庶，
共选大树排建巢屋。
倡饮山川活水，

教燔鲜牲兔鹿，
传炊火熟谷，
深埋腐烂兽尸兽骨，
火洁地室潮物，
再将“参龟延寿方”广布。
乌布逊和四邻部落蒙新福，
从此，数年间病患不生，
衣食富足。
乌布林和众部落，
为女罕冠带镶嵌上第一颗睛珠。

德乌勒勒，哲乌勒勒，
德乌咧哩，哲咧！
卡丹丹旦阿尼亚[①]，
乌布西奔女罕第三年。
辉罕部和彻沐肯部，
老王相继故世。
新主巴音和姆尔吉，
能力挽铁弩八百石，
万夫莫挡，
自恃势强无敌。
常常联军骚掠
乌布逊、珠鲁罕，
夺男女为奴为妻。
乌布逊、珠鲁罕的
肉仓、鱼窖、宝器，
无端霸占，
肆意劫洗。
怨怒四野，
尸横狼藉。

① 由“卡丹丹旦阿尼亚”至“顿布林布丹阿尼亚”，均为东海女真部落自创的年号。据访问，许多部落年号亦不一样，在民间流传，至今已不辨其意。

乌布逊人四处逃难，
辉罕、彻沐肯罕名字，
如见豺狼虎豹，
个个闻听胆寒心悸。
哦勒勒，多灾岁月安有期？
乌布西奔秘密带着众萨满，
进入幽暗的滴水古洞，
驯养百只雄鹰，
百只黑熊，
百只花狸，
用木石削刻辉罕达音
和彻沐肯罕姆尔吉，
让鹰、熊、狸边认识他们，
边喂肉吃。
乌布西奔和萨满们，
身披皮衣，
击鼓弄戏，
侍人们向削刻的
两根人柱前投活鹿，
引逗鹰群、熊群、狸群，
人柱下拼食。
无人柱无鹿饿瘪，
有人柱则现活鹿。
时如过梭，成为惯习，
只要鼓声一起，
鹰、熊、狸冲向人柱，
竞寻美食——鲜羊活鹿。
时光像闪电，
终于来了时机。
姆尔吉阿玛染疾，
命乌布西奔祈神疗治。
乌布西奔便说：
“神灵会体恤，

罕的心意。
我必请下众神，
阿玛病灾何足惧？
只求辉罕达音也来祝祭，
同祈福祉。”
姆尔吉欣然应允，
献三只猛虎、三条长鲸，
牲血浇洒坛旗。
乌布西奔悄悄命侍人们，
狍皮盖车，黑夜运来，
滴水洞饿鹰、饿熊、饿狸。
乌布西奔又命乌布逊人，
齐来助阵，不要躲避。
阿布卡恩都力、阿布卡赫赫，
德力给奥姆大神，
都会扶助弱小的可怜人。
乌布西奔正式通告姆尔吉罕，
我请神医病，
要四处点燃篝火。
将姆尔吉罕阿玛抬上神坛，
达音罕及众奴仆也要坛前陪祭。
夜，月光如水，微风习习，
英明女罕乌布西奔穿上珍藏的心爱神服
——祭海神衣，
这是用虎、豹、鹰、鲸、獐、狼、蟒皮，
缝制的报祭九天神服，
用百个银铃缝制的神服响器，
用百根海鱼牙缝制的神服骨箍，
用百条海熊皮缝制的神服魂石，
用百颗鲸鱼睛镶嵌的神服穗式，
用百只彩燕毛围屏的神服飘饰，
这是乌布西奔远征的信使。
海象牙刺穿黑涛浊汐，

海熊皮驱避妖风鬼迹，
鲸鱼睛照穿沧海迷疑，
彩燕翩翩，频告吉祥消息，
鼓声铿锵，预报胜利来期。
乌布西奔击鼓咏唱，
火焰般的激情昂然，
郁积长久的仇恨与怜悯，
郁积长久的同情与悲凄，
神鼓声中倾泻如海涛，
神灵啊，
快快惩戒这些妖魔吧！
神灵啊，快快给我以力量，
扫除恶气吧！
还乌布逊的自主与幸福，
再不要有掠杀、暴虐与凌欺，
东海应该享受温暖、爱抚和静谧。
乌布西奔的鼓，
唤醒被欺压的乌布逊人斗志。
乌布西奔的歌，
抚慰被凌辱的各部落人奋起。
乌布西奔的舞，
是鹰、熊、狸争食信号，
呼唤它们篝火熊燃中，
扑上去，狂咬、狂撕，
像火山爆发，
像决口河堤，
不可遏止。
很快乌布逊征服了
暴虐的彻沐肯和辉罕。
乌布西奔重选两位新主，
苦泪生涯一去不返。
乌布逊赢得西邻、南邻、东邻友爱，
成为乌布逊部，

手足相亲的好兄弟。
乌布逊和彻沐肯、辉罕部，
为女罕冠带镶嵌上第二颗睛珠。

德乌勒勒，哲乌勒勒，
德乌咧哩，哲咧！
卡丹达民阿尼亚，
卡丹布苏里阿尼亚，
乌布西奔女罕，
第四和第五个年头。
东海传报喜讯，
南海盛产大海参，
个个像大棒槌，肥胖香嫩。
南海盛产大海蟹，
个个像大海碗、小红盆，
籽肥肉美，清鲜醉人。
都喜抓海蟹、海参，
世代赶海，
年久情深。
然而，好景不长，
早年，都沐肯兄妹霸占南海，
日夜不得安宁。
南海成了他们兄妹沉迷的乐园，
外人染指必遭非命，
血殒海域，骸骨垫宫。
都沐肯兄妹，
依仗彻沐肯弟罕势力横行。
乌布西奔虽以刻像计俘敌立主，
其叔彻沐肯弟罕挑唆再拼，
辉罕部新主亦暗地同心。
三千飞虎兵靠岛屿天堑，
频害东海诸部和乌布逊。
古德老罕王在黄獐子等部恳请下，

嘱乌布西奔兴师发兵。
乌布西奔诡以偃旗息鼓之策，
攀山疾奔五百里，
横刀立马，
劈惩睡梦中的都沐肯新主。
迅又擒伏辉罕部新主，
再立两部新主治政。
乌布西奔率师伐木造船，
征帆三千入海，
直捣南海螯蟹子洞。
在海窟生俘彻沐肯弟罕、
都沐肯罕姊依尔哈娜女魔，
跪地涕泪求饶，
同意交献蟹岛海情，
永无叛心。
从此，南海平静，
海参、海蟹运进
乌布逊各部落，
恢复了五十年前的足食衣丰。
海民欢腾，
为乌布西奔冠带镶嵌上第三颗睛珠。

德乌勒勒，哲乌勒勒，
德乌咧哩，哲咧！
吉给红姑鲁阿尼亚，
乌布西奔女罕第六年。
乌布西奔平乱的残敌，
远逃安查干陡崖，
凭据海中险恶山势，
霸占东南入海的安查干山寨，
掠夺渔船，洗劫海产，
堵住通海航行要塞，
时时都传报亲族遭害。

海贼难攻易守，
扬言“得了安杳寨，
哑女技穷任我裁”。
得意忘形，气急败坏，
使乌布逊和众部落渔船，
临鱼汛禁阻随时驶海，
妄语困死众部任其割宰。
万险千难，
难不住英明女罕。
乌布西奔详察安查干山寨，
知悉筑建在海滩高崖，
城垒密林重围，拥挤狭窄。
顿时，心生妙计：
安查干积千年荒草干秸，
烈火炎炎，
十载烧不衰。
何不趁此东海秋高气爽、
金风强劲好景色，
轻骑暗近密林，
纵火速燃古树燥柴。
安查干里都沐肯余党，
纵有三头六臂也难挡，
火龙神兵下山崖，
百鸟百兽齐惊骇。
乌布西奔我不费一兵一卒，
顿让尔辈狂徒化粪土，
重饰安查水寨重立帅。
乌布西奔女罕，
如计如愿，选立新主，
主管通海要道
——安查干古寨。
从此，安查干，
成为乌布逊的通海前哨要隘。

四邻部落的人啊！
自由往来，
捕鱼、抓蟹、闯海网鱼，
四海升平，
歌声长在。
乌布逊和众部落的人啊，
给女罕冠带镶上第四颗睛珠。

德乌勒勒，哲乌勒勒，
德乌咧哩，哲咧！
丘根达敏阿尼亚，
乌布西奔女罕第九年。
乌布逊与各部兄弟和睦，
平安送走一年的忙碌。
舜莫林驮来爱梳妆的冬姑姑，
银色的百里海湾，
冰排叠成七彩塔柱，
肖千禽，似百兽，
龙争虎斗，胖胖瘦瘦，
晶莹剔透，美不胜收。
乌布西奔伫立海滨良久，
尽管侍人用满目艳景笑慰女罕，
丝毫未能平静她烦绪心愁。
一连几个春秋，
同内海海盗搏斗，
总不得见奏凯的归舟。
悬系群贼游匿深海，
随时逞隙袭扰诸部，
风雪逐鹿，无法度日。
沿岸部落——珠鲁罕部，
就连安查干、乌布逊部，
也不能幸免屠戮。
更何况，万物冬藏，

海鸟远栖，
星岛远处的盗贼，
像逃逸的野兔，
很难寻觅洞窟。
几个部落联合聚议，
延请乌布西奔女罕为盟主。
众议千条，
终无定数。
无垠沧海，
海盗进退自如。
海风，海雾，
陆上人在内海，
身脚都不听使用。
在浪涛中难耐晕吐，
多为海盗杀虏，
进剿颇为棘手。
乌布西奔食不甘味，
思虑沉沉，
日渐消瘦。
这日，她缓步神楼，
挂起鹰羽白绒衿帐绢轴，
铺好虎皮黄绒魂褥锦绸，
东海神位前燃“温嘎”奠酒。
星辰出齐后，
进帐身感疲倦，
便头枕魂骨兜，
和衣而卧。
都尔芹、都尔根，
两亲侍萨满，
没有一点声响，
她们都已习惯，
侍奉过女罕多次魂游。
轻轻为女罕揩汗，

还不时给女罕滴水润口。
乌布西奔睡梦中，
只觉有只白鹰，
展翅拖她疾走。
身临广袤的海涛，
寒气袭人战栗，
两耳风声呼啸。
她见到了，
德里给奥姆女神，
站在面前，告诉她：
“海岛之敌，
狡兔三窟，
相互隐匿，
难破其巢。
穷途无益，
远远内海，
有迎日之岛。
岛有海鬼，助其兵刃食药，
其域之大有万万千庹之遥，
飞鸟十日难窥其奥。
汝应以情求友，
以义济众泯恶。
海盗多历世被歼之后裔，
远徙外岛谋生之浪子。
枝须荡海，落叶归根。
联友、安顺、招抚，
太平万载，东海不老。”
乌布西奔叩谢神母之训，
率部直捣海贼逞嚣的
内海双岛十三礁，
招抚嗜杀成性的
巴特恩图女魔。
女魔迎送旭日八十载，

童颜鹤发仍年少。
骑豹豢蟒性惨狠，
常啖人肌、枭脯、毒蝎爪。
适逢女魔毒箭伤胸骨，
病入膏肓阎王路难逃。
千百徒兵哀号求神药，
乌布西奔狗橇星月即到。
乌布西奔十日住岛，
用鱼耳石和吐丝草，
研熬苦汁敷伤口，
用筐篓鱼骨针拍刺穴窍，
女魔渐回知觉，
而通人性，晓冷暖亲要，
乌布西奔亲烹鱼馐慰魔酋。
巴特恩图被女罕感动，
诚服乌布逊，
仍为全岛域女酋。
外岛三百石窟，散居之盗，
深念女罕之恩，洞洞降招。
丘根达敏阿尼牙，
是最值得纪念的日子。
乌布逊与众部落，
为女罕冠带上献上海疆千里平安珠、
海民安居故里珠，
外岛永无仇杀。
乌布西奔女罕冠带闪烁着
第五、第六、第七颗睛珠。

德乌勒勒，哲乌勒勒，
德乌咧哩，哲咧！
红姑鲁阿金阿尼亚，
乌布西奔女罕第十年。
锡霍特阿林的部落啊，

世世代代，
像野兽一样愚鲁。
不分男女长幼，
祖宗传下来的古俗，
每到春天，百兽发情，林谷鼎沸，
人啊，男女相抱，不分部族亲疏，随意相处。
老鹿可以爬小鹿，
小母獾子可被五个公獾追逐。
乌布西奔自主权柄以来，
医治残脚、无肚脐怪人，
聋哑呆痴，啼号难睹，
德里给奥姆妈妈降神，
警示乌布逊。
这是罪孽啊，
要痛改前非，
改弦辟新路，
留下体魄聪健的儿孙，
东海青春永驻。
早年，海盗抢女生育，
个个聪明伶俐。
远亲相交，
儿孙健如虎。
近亲相交，
儿孙弱如鼠。
乌布西奔女罕，
亲定每年春秋，
各部自荐男女成丁，
寨前立成丁牌符。
再由各部萨满妈妈，
将本部羽翎、牌位，
发给成丁男女。
萨满妈妈分率自觉男女，
届时同聚猎寨郊游处，

以各部羽翎、牌位为号记，
男女相互接触，自陈妙龄身世，
交友、对咏、互换牌符。
禁忌本部内通婚，
只能与外部羽翎、牌位相合，
方可婚住。
合意者可搭连理花棚，
岩岭野合，亲者不阻不睹。
女罕苦心执管六个春秋，
严谕力导，
违者焚杀不恕。
沧海桑田，陋风剪除，
子孙感悟，遵规不忤。
乌布逊与四邻部落，
相互举荐男女，互换成婚，
才有各部男女竞歌之俗。
乌布逊人丁兴旺，
体魄康健，男女俊俏，
长寿妪叟无计数。
乌布逊与众部落，
为乌布西奔女罕冠带，
献上了第八颗睛珠。

德乌勒勒，哲乌勒勒，
德乌咧哩，哲咧！
顿布林布丹阿尼亚，
乌布西奔女罕三十九年。
往昔，乌布逊等各部众，
素无文字，以言达情。
日久无证可辨，
世事无能传真。
女罕为便利交往，记忆常存，
以会意述状或纳世间物象，

创下图符百形。
砍凿于林莽聚会通渠，
间以折枝伴用。
乌布林普享天聪，
记事辨识井然不争，
俗称“东海窝稽幢”，
经年日久，世代永铭。

德乌勒勒，哲乌勒勒，
德乌咧哩，哲咧！
乌布林毕拉欢跳奔流，
彩蝶翩舞，浪花飞溅，
无边的林莽，氏族的徽旗翻卷。
花海啊，像无边的香云，
堆满了，撒满了山山林林。
皮鼓啊，像无穷的鸣雷，
敲遍了，传遍了沟沟岭岭。
东海联盟——
乌布逊、辉罕、彻沐肯、珠鲁，
清秋盛火大典最隆重。
乌布林神坛，
设在南坡上的乌尔岭峰，
九十张豹皮搭成了高棚，白闪闪；
九十张虎皮围成了高墙，金煌煌；
九十张鲸皮铺成了地毯，黑艳艳；
九十张鹰皮簇成了翎坛，红亮亮。
海鱼骨的神案子，
海象骨的神碗子，
海狮骨的神筷子，
海螺骨的神盘子，
海豹牙的神凳子，
海狗牙的神刀子，
海蟒牙的神矛子，

海鲸牙的神号子。
南山部落——
捧来百只山鸽，
捧来百只天鹅，
捧来百只岩羊，
捧来百只林鹿。
北山部落——
献上千担银梭鱼，
献上千捆银枪鱼，
献上千条银鳞鱼，
献上千篮银龟鱼。
东山部落——
赶来百头乌角牛，
赶来百只白头羊，
赶来百头乌蹄猪，
赶来百只白唇鹿。
西山部落——
背进雪白的米谷，
背进彩花的丝帛，
背进清醇的老酒，
背进野菊岭的甜水。
乌布西奔统御乌布逊
和四周七百嘎珊，
心悦诚服，讴歌神的使者
——英明的萨满女罕。

德乌勒勒，哲乌勒勒，
哲咧哩，哲咧！
乌布林毕拉是天女的玉带，
飘摇延伸到白云和红霞的天际。
豹帐像河岸边的千朵梅花，
狍帐像林莽里的百朵银花，
德顿骏马的蹄声盖过江涛，

刷烟骏马的长鬃赛过云海。
福禄绵长的乌布逊嘎珊，
太阳的骄子，苍天的恩赐，
无忧无虑地住着七百部落。
东有珠鲁罕部落，
西有彻沐肯罕部落，
南有辉罕部落，
北有无敌天下的乌布逊部落，
擅使石弩，百兽难逃，
统御八方，神谕四海。
英明罕是乌布西奔萨满，
平定了都姆肯兄弟霸主，
扫平了安查干古寨水盗，
收降了内海巴特恩图女魔，
荡服了外海三百石岛敌窟。
东海的太阳光照着，
没有征杀的山岩草地。
东海的明月抚慰着，
没有哭泣的千里帐包。
鱼骨雕成的银盅，
蛤壳粘成的银篓，
装满山珍美味，渔产佳肴。
喜笑颜开，
吞咽香甜，
品尝肥美的甘露，
都是女罕的恩赏。
居住在太阳升起的东海，
乌布林毕拉是母亲的地方，
以天上的白云为花裳，
以珍贵的鱼皮为革履，
以精美的鹅羽为锦衾，

以芳香的鱼米[①]为口粮。
天下无敌的乌布逊嘎珊，
萨满百神庇佑无疆。

① 鱼米：干鱼子。

第六章　找啊，找太阳神的歌

德乌勒勒，哲乌勒勒，
哲咧哩，哲咧！
东海岸盛开的，
娇艳顿顿依尔哈①映红了碧涛，
山岩上大耳麝羊，
孕育出了肥羔而欢跳，
钻天岩海鹏孵育出，
远渡重洋的俊仔而畅啸。
乌布西奔女罕由衷欢欣，
四海嘎珊头领们的来到。
久栖星星般井蛙寸土的众酋，
齐为乌布逊丰硕物阜而赞好。
英武大帐是取锡霍特阿林
斑斓夺彩的豹皮环绕，
银绒绒坐褥、炕衿、椅屏，
全是稀有的北极熊皮珍宝。
在百盏海鱼油灯光映射下，
风采赫赫，熠熠闪耀。
这是九个部落，
大小七百嘎珊会师的盛典，
山一样丰厚的海鱼宴和山果，
令人人餍饱，
鱼子酒更令宾朋酩酊醉倒。

① 顿顿依尔哈：满语，蝴蝶花。

然而，盛宴上各部首领，
皆为女罕焦躁不安。
乌布西奔心爱的男侍，
奉命驾船探海，
一连七个日出日落，
杳无音信，
众嘎珊头领亦均不知晓。
乌布西奔的爱侍
——琪尔扬考，
某个黑夜风雨飘摇，
被遥远的海潮冲来。
英俊的双眼和山峦一样高峻的鼻翘，
两道浓眉像锡霍特两道山峦，
稀软软胡须像微绒遮盖着脸庞，
英俊美貌，充满自信和倔强。
乌布逊部落的人，得知他自小无依无靠，
又来自远在太阳初升的大海中，
深感无比神秘奇奥。
乌布西奔疼爱有加，
视为“海宝”。
女罕愿他做侍童，
双双心心相印，日夜谈唠，
机缘识得海神的深邃广妙，
聆知大海奇闻物阜，领悟万里海道。
哦喝伊勒，哲伊伊，
那天，琪尔扬考驾筏捕追翻车鱼，
忽然，乌云密集，
海浪卷起冲天的柱脊，
人筏被抛上了天际，
冰雹寒风使他昏迷不省人事。
苏醒时，身边围坐着陌生的裸女，
众女相救，衷心感激，
语言虽不通，

温暖的心房、脉搏跳动在一起。
幸蒙俊美的女罕爱怜，
膝前相依，
女罕情谊，
琪尔扬考瑟缩心绪日益淡息。
然而，他始终像季节的鱼群一样，
总是迷恋生育他的海滩水域。
平时，他总向好奇的女罕，
滔滔不绝谈述海外人情俚事。
乌布西奔从哑女，
成为女罕威名盖世，
有多少伶女俏男拥拥随侍。
然而，都逊于“海宝”琪尔扬考，
少年英杰，广闻博识，
最令女罕神往情痴。
神威无敌的阿布卡赫赫，
请授我神意。
大地之光，万物之母啊，
——“舜莫林”额姆，
久盼得知您初升何方圣地？
东方的太阳啊，
总是从东海中见你。
我虔诚地乘筏击鼓，
太阳依然从东海中升起。
我离筏登岸，
曾在锡霍特阿林之巅，
驾起高高的楼宇。
太阳之宫依然陡现于
大海彼岸的角隅。
乌布西奔思神的诚祈，
如渴的求知欲，
探海不止，彻夜痴迷。
阿布卡赫赫啊，

太阳之宫必居海中隐匿。
乌布西奔悉慕琪尔扬考，
远居太阳之乡，大海腹地，
为寻找太阳，
为平抚他思恋故地之情，
埋葬下匆匆相知匆相离、
笃爱难舍的痛惜。
在隆隆的萨满神鼓声中，
琪尔扬考带四位乌布西奔心爱侍人，
为首的便有伴随她东征西讨数年、
从不离身的突其肯、突其奔，
另挑两个精通水性的壮男侍，
乘坐熊皮筏子，
巧借寒流涡漩逆海北去。
皮筏在神鼓咚咚声里，
在香烟缭绕呐喊声里，
像箭钻入重重海雾里。
雾中只见海鸥点点，
听不见人筏动迹。
乌布西奔伫立着，
纹丝不动，亦不语。
众侍女见她，
羽服已全然淋湿，
劝她快回大帐歇息。
仁慈而善思的女罕，
愿同小禽小兽共室。
详观它们千态动息，
测度海天百样变异。
笼中鸣啼的三只小海鸥，
是女罕飓风中救下来的幼仔。
笼中戏闹的三只小黑熊，
是北海野人赠送女罕的厚礼。
大帐里，还驯养只长寿龟，

是法吉罕妈妈，
馈赠给女罕的通灵卜师。
它有七百多年冰海磨砺，
龟甲嶙峋，身披绿毛衣，
血红双睛亮如明炬。
数年不食，
长卧不饥。
凡有兆事，
龟首霍然从水中抬视，
颔颚三晃，
必有奇迹。
龟有巡海之能，
栖身巨槽便知海汐。
偶见其烦躁轰鸣潮水，
将木片、鱼骨、石粒衔举。
乌布西奔惊诧好奇，
命侍人们巡海索骥，
验知沉舟、拼鲨、海啸，
祸生在不同方向海域。
凡有衔物，
其域必有灾异。
一日，女罕在海中，
珊瑚礁鱼骨彩舟中小憩。
碧波荡漾的海面，
飞鱼像无数银线穿梭。
乌布西奔被海风吹拂，
不知不觉沉睡了过去。
恍惚中，
她像为琪尔扬考等远航祝祭，
身着神裙，足踏云霓，
手敲渔鼓，轻盈舞履，
忽仰忽旋，彩袖飘曳。
忽传悦耳铃鼓里，

阿布卡赫赫驰赶
云豹、云鹿、云虎、云驹,
九彩云驶至。
乌布西奔忙丢下神鼓跪地,
阿布卡赫赫勒住神骥,
缓步走来,把她扶起说:
“离我经年,
矢志不渝。
垦拓海域,
功高益宇。
甩哉,尚有瀚漠冻海,
虎兽狼豺嚣世。
不谙人性,
不晓火食。
嗜杀无度,
仁爱广布。”
乌布西奔跪而答曰:
“萨满神鼓,
天母亲予。
恩谕四海,
八方络绎。
情忘春华生计,
为东海抛捐忠躯。”
阿布卡赫赫从发髻
摘下两支玉雀骨簪,说:
“我的东海之主啊,
展翅玉雀簪,
预晓天下事。
展翅玉雀簪,
护佑你六方咎祸永避。
梳翅玉雀簪,
助佑你四海祈愿如意。”
说完,驱赶神骥,

远上九天无影迹。

德乌勒勒，哲乌勒勒，
哲咧哩，哲恩！
乌布西奔呆呆望着，
没有蜜蜂大小的骨簪凝神，
哈哈大笑说：
“尊贵的天母啊，
德咧哩，哲恩，
偌小的玉雀骨簪，
怎会有通天神功？”
女罕一阵爽朗笑语声，
全帐侍女都被惊动，
以为女罕偶染病，
围过来俯身探询。
乌布西奔也被自己笑声惊醒，
原来依旧躺在
珊瑚礁鱼骨彩舟中，
方知南柯一梦。
她坐起来，
猛然想到两个玉雀骨簪。
细看时，玉簪果然握在手中，
使她惊奇不已，
率侍女们跪谢苍穹。
众侍人被金光闪闪骨簪吸引，
从此，乌布西奔身边除有众侍女、侍男外，
又有两神骨簪随从。
每有征伐、祭神，
必先鸥鸟、骨簪卜筮，
百验百灵。
这次，突其肯、突其奔为先锋，
和琪尔扬考至今杳无回音，
乌布西奔日夜焦虑，

拿出两支玉雀骨簪说：
“梳翅玉雀簪啊，
庇助我顺遂如意。
为我远渡重洋，
寻找琪尔扬考的踪迹！”
梳翅玉雀簪神奇闪光，
簪热灼手，雀似颔首鸣叫。
乌布西奔聪颖的神性，
立刻悟彻神雀的热意，说：
“神簪，神簪，
轻若气，捷如风，
任何鸟带上你，
不惧重洋万里行。
纵然飞遍四海，
也能找见突其肯。”
灼热的玉雀簪，嘤嘤有声，
喻告要急切引鸥鸟去寻亲人。
女罕率众走出帐屏，
放飞羽膀系着神簪的海鸥，
箭一般钻入云天，
消逝海空。

德乌勒勒，哲乌勒勒，
哲咧哩，哲哩！
乌布西奔的心啊，
早飞进激涛难测的深海之中。
梳翅玉雀簪啊，快告诉我，
海鸥和琪尔扬考的吉凶。
乌布林人，
亘古恋海惧海从没远离巢门。
从远祖到古德老罕王都殷嘱：
“宁做海獭生，
不迷脸儿一天八变的大海情”。

而乌布西奔性癖东海情，
女罕水军悍勇令各部惊魂。
琪尔扬考助她认海流、识海性，
造驾海皮筏，训“木陈扎卡”①、
“朱噜扎卡”② 神兵，
阿布卡赫赫赐予神翼，
造访海中太阳神宫。
乌布西奔回帐到神龟槽前，
默祈神龟襄佑，
速告琪尔扬考征程，
是吉是凶？
或死或生？
此时，只见神龟尾西头东，
搅拌起槽水喷涌。
乌布西奔默问神龟：
“难道他们与激浪拼争？”
神龟又头朝东，
咬起槽里一根破裂的粗木钉。
乌布西奔确信亲人们，
危难缠身，心急如焚。
她锐意举办谢海大祭，
召请四海众神增佑无量神力智勇，
祈愿沉疴卧帐的古德老罕王早愈，
祈祝琪尔扬考众爱侍安返乌布逊。
乌布逊众志成城，化险为夷，
万顷碧涛任畅行，旗开得胜。

德乌勒勒，哲乌勒勒，
哲咧哩，哲哩！
三百妈妈，

① 木陈扎卡：东海女真人早年使用的木制盆形海船，凭海潮行驶，近海盆船。
② 朱噜扎卡：东海女真人早年使用的大型木质双舟合体单层深海鱼船，俗称“双船”。

皮鼓像夜来川瀑轰鸣。
三百玛发，
骨铃、角号、螺号、石钟，
族众手持驼鹿蹄、驯鹿蹄、羚羊蹄、野牛蹄，
连击鸟啄音，
犹如千里石板百兽驰骋。
祭坛外，竖立碗口粗槐木桩十根，
九根海藤皮编成的长辫，
锁着德烟阿林雪豹，
九根鹿皮条编成的皮带，
锁着凶嚎的老熊，
九根狍筋编成的长辫，
锁着嘎尔甘哈达“塔斯哈”[①] 大虫。
神威的女罕乌布西奔，
东海海神之女，
乌布逊广域之尊，
恤爱百姓，勤勉热心。
女罕有乳育兽羔的牧棚，
有救治小兽肢体鳞伤的疗洞，
有集囤草籽喂育冬禽的散笼。
女罕每有隆重祭礼，
喂养的豹、熊、虎是护坛大将军，
鼓声如令，执守苛峻。
各部致祭，
个个慑威静诚，
不敢滋事违命。
闻讯欲谋骚掠的山外野民，
敬而生畏，匿迹销声。
当早霞染红了乌布逊海边茅棚，
当车奇克小雀报晓第一声唱鸣，
当鹰粪烽火依离哈达上升腾，

① 塔斯哈：虎。

海洋、豁谷、山林，
所有乌布逊人及络绎归服者们，
赶着十里、百里远来的祭牲，
奔向乌布西奔祭坛宝帐。
乌布西奔命突其春谕众：
“女罕征前谢祭，
畅舞奠[1]务要笃诚。
如睹荒嬉亵怠，
乌布逊海殉严法焉可恕轻。”
乌布西奔命人在海滨，
搭建祭海神坛神幢，
敲响象征东海形貌的
雄鲸肚囊皮椭圆鼙鼓。
从远海捕来神牲——
宰杀大海狮九尊，
宰杀大海象九尊，
宰杀大海豹九尊，
宰杀白鲸一尊，
宰杀香鲸一尊，
宰杀灰鲸一尊，
宰杀鳟鱼、鲑鱼、比目鱼、
海花鱼、胡瓜鱼、狼鱼、鳔鱼百尊。
还宰杀有乌布西奔鱼池驯养的各色鱼种。
鱼血汇入大海，
大海变得殷红；
鱼肉投入海中，
引来翻滚的海牲拼争。
足足五天五夜，海中波浪汹涌，
像沸腾的海潮轰隆。
这是东海海神驾赶着百轮车，

[1] 畅舞奠：东海女真人祭礼名目繁多，畅舞奠为萨满大祭前的静场奠祭，击鼓、焚香、奠酒、叩拜、报祭、神舞等程式，其中神舞除主祭者参与外，族众必悉心参与，载歌载舞，形成热潮（采录时讲述者所述）。

接领女罕的托嘱和盛赠。

壮阔的神鼓声中，乌布西奔率众萨满与族众，开始了气势磅礴的东海谢祭古舞。玛克辛古舞繁复，传世者稀稀。歌中传记数类，概略也。

牲血舞：

萨满与众，娱神缅神共舞，盛景壮观。牲血舞骨木凿器，两面似盆，中连长柄。柄内乘牲鱼鲜血，双手持舞。萨满着神服血舞外，众女彩妆花饰，众男衣鱼兽裘血舞。柄头垂长穗，穗有数小铃。

舞式：蹲身，呐喊有节。跳跃，雄壮凌厉有拍。

姿分单跃式，单腿跳；环手式，聚散跳，两人或众人对舞圈跳。亦有跨跃式，几组，穿梭作舞。

野猪神降舞——獠猪态、小猪态、拱食态、瞭哨态、怒恐态。

蟒神降舞——仿发吱吱声，仰栖舞、拧身舞、缠抱舞、卧地舞，仰身肩动移进舞。

牲血舞世求人鼓相配，声舞相配，节韵悠扬，融洽和谐。原舞更是头、背、颈、指、腕、胸、腰、乳、臀、腿、足、胯、胫、仰、蹲、卧、滚、跃诸姿相揉，活泼百态。

除此之外，有妈妈乳神舞。

乌布西奔击鼓作舞吟歌，
三百侍女萨满击鼓伴唱：
“天母之命，哲伊勒勒，哦伊勒，
海神之女，哲伊勒勒，哦伊勒，
统驭四海，哲伊勒勒，哦伊勒，
万魔荡兮，哲伊勒勒，哦伊勒，
百部归兮，哲伊勒勒，哦伊勒，
江海洪兮，哲伊勒勒，哦伊勒，
日月明兮，哲伊勒勒，哦伊勒，
探海顺兮，哲伊勒勒，哦伊勒，
我志坚兮，哲伊勒勒，哦伊勒。”
唱罢，乌布西奔将木槽中，

一只小绿海龟捧手心说：
“哦伊勒恩，海神的知音，
哦伊勒恩，你最让海神疼爱，
哦伊勒恩，你最解海神秉性。
你知晓海神每日三餐，
是喜肥豚，还是瘦鳗，
是啖蛙螺，还是海鲸。
哦伊勒恩，快为我引来献祭精灵。”
小龟摇头晃脑，
四脚伸缩舞动，
像欢呼雀跃，
早成竹在胸。
在阵阵鼓声中，
乌布西奔跪在白沙滩上，
迎着和煦的海风，
小龟随浪远遁。
众萨满护拥着乌布西奔跪满海岸，
海面撒满醉鲸的
乌头楞、一品红、
一串蓬、蓝鲟、毒眼鳟。
神鼓敲得愈加震耳，
没出半个时辰，
小龟昂首游回，
侍神人捧送槽中。
轰隆隆，海中迅即巨浪翻腾，
一条长鲨蹿出海面，
折躺乌布西奔面前，
纹丝不动。
鲨鱼有着锋利齿牙，
是海中蛟龙。
今体弱似睡犹未醒，
早被众萨满鼓声中抬上砂坪。
乌布西奔以海水代酒，

洒谢海神，
转身从祭坛上请下一把
不长的砾刃。
相传乌布西奔为哑女时，
得自山中。
骨片为柄，
古朴玲珑。
乌布西奔手刃凶鲨，
鲜血把海岸神坛染红。
乌布西奔用左手摘出
有小童大小的白鳔，
投入大海中。
鲨鱼鳔像张满白帆的喜船，
很快驶进远海，去拜谒海神。
鱼鳔是鱼魂象征，
专供海神享用。
每祭摘解庞大鱼心，
专供众龟享用。
乌布西奔谢过神龟，
动鼓召请海峡大神梅赫姑音。
她是太阳光芒化成的蛇神，
有太阳一样的纯真，
有太阳一样的温馨，
有太阳一样的怜恤，
有太阳一样的苛峻。
乌布西奔昵称梅赫妈妈，
用凫血涂容，
象征脸戴“生机玛虎”[1]，
赤脚裸胸，
摇晃身躯，
翘首仰动，

① 生机玛虎：涂血假面。

匍匐踊行，
柔软的体魄可弯入胯下，
仿佛游蛇，
维肖惊神。
瞬时，乌布西奔一跃而起，
侍神人迅及给穿好彩翼裙，
双臂提鼓旋舞，
象征海神被宏阔壮观的
盛祭振奋，
犹如自天飞临。
族众在呼唤踏歌中，
乌布西奔妈妈，
将神凫血一饮而尽，
二只神凫血环洒祭坛，
三只神凫血浇灌神柱椿根，
四只神凫血投入主坛篝火中，
五只神凫血抛向澎湃的大海，
参众男女老幼激情昂奋，
共诵神词，同唱海号子乌春，
赴汤蹈火愿随女罕海征。
跳起生机木陈玛克辛①，
跳起生机比干玛克辛②，
跳起生机嘎思哈玛克辛③。
向女罕扬撒花瓣，喷洒山泉，
守坛猛兽饱餍余飨。
众萨满跪听乌布西奔传谕：
“我以德里给奥姆赫赫女儿之尊，
命乌布逊众部聆听神谕，
神鸟现已抵达东海安班岛。
我心爱的侍臣们，

① 生机木陈玛克辛：东海女真人萨满血祭时舞蹈的一种，顶血盆祭舞。
② 生机比干玛克辛：东海女真人萨满血祭时舞蹈的一种，双手托举血盆祭舞。
③ 生机嘎思哈玛克辛：东海女真人萨满血祭时舞蹈的一种，血祭中百禽拟神舞。

正被强虏所凌。
海盗如蚁，
我心已定。
若不迅即出师，
必戮难生。”
跪乌布西奔身边突尔金，
遵常例，将女罕口谕铭刻在
海滨马尔卡白树上。
乌布西奔女罕谕旨，
多保留在马尔卡木板和海石上。
其图若虫蠕，若鸟啄痕，
多为古画绘形。
聪颖的乌布西奔，
每逢降神，
每次征讨，
每回议政，
都命亲随突尔金雕画她自创的画图，
深藏在九棵十抱粗的古松树洞中。
传诵神秘的乌布逊图画，
便是乌布西奔珍贵圣文。

德乌勒勒，哲乌勒勒，
哲咧哩，哲咧！
乌布西奔大祭十日，
祭告天地寰宇，
要踏海远行。
选名匠日夜赶造驾楼筏船，
全用锡霍特阿林钻天古槐劲松。
女罕船上刻造画楼和瞭望窗，
每艘筏船备筑粮仓、饮水皮箱，
彩刻各种神祇惊吓魑魅魍魉，
征船有熏香炉全燃草卉芳菲，
缕缕药烟令蚊蚋海蛇远藏。

船舷四周放下无数长线彩钓，
船只要一动，便可随时捕捉鲑鱼、大刀鱼，
随时熏烤，随时饱尝肚肠。
征船十五艘，
一百九十九天便大功庆成。

德乌勒勒，哲乌勒勒，
哲咧哩，哲恩[①]！
乌布西奔女罕，
作为探海结友的陆上礼品，
命人精选上船。
远地换来的上好乌拉谷种，
另有永州的翡翠、愁州的古瓶[②]，
伊板哈达的玉美人和白银、黄金，
准备奉送各比干岛酋额真。
万事安排停妥好后，
女罕命亲随萨满乌布勒恩，
在家精心主政。
乌布勒恩二十七岁才女，
神授萨满，
聪颖过人，
美貌绝伦。
她是乌布逊部落
百里看林人，
有奇特非凡的殊荣。
传她是从千载古松瘿包中裂生，
鹰母貂父山狸是舅公，
性喜树尖行走如飞蝇。
任何高树细枝，
都能驮住不坠落摔疼。

① 本长诗每节开头的长调衬音，随着故事情节的发展变化，声调也骤生变化，表示惊心的事情要发生了。

② 永州、愁州：古代图们江南岸朝鲜李氏王朝州府名。

坐在枝梢和小鸟们合唱，
鸟儿不逃不散，
身轻若风。
十三岁便会咏唱神歌，
乌布西奔梦中得识神童，
众侍林中寻求九十九回，
找回大帐，收为爱徒，
——最贴心侍人。
古德罕王重病缠身，
也甚喜乌布勒恩才智，
极力荐举她协助乌布西奔，
主掌乌布逊，
井井有条，众心诚服。
此番探海分手前，
乌布西奔唤她在身边，
申明远航夙念，
执掌好乌布林：
“勿拖诿、懒惰，
众神灵助你吉宁。”
乌布勒恩拜别：
“女罕放心，谨遵师命。”
乌布西奔，
勉励乌布林族人：
“一定竭诚同心，
江海渔捕，互助互亲。
乌布勒恩便是我的尊容，
聆听她的指训，
便是入心我的示令，
不可互斗互争。
我寻找太阳神圣之域后，
迅回故地重逢。”
众族人依依难舍，
纷纷洒泪拜送：

“英明罕，您从没进过深海，
怎能不让我等挂肚牵心！
您为让太阳神长留乌布逊，
亲去迎请舜莫林——太阳神。
我们会日夜祈祷，禁食拜礼，
时时刻刻，心啊和征帆拧一起。
神圣的阿布卡赫赫庇佑，
天遂人愿，
一切吉顺，
我们盼候女罕胜利佳音。
届时擂鼓献牲，
谢海出迎！”
扶尼老酋领套洛甘玛发说：
“罕啊，东海吉祥热土，
住着太阳的儿女子孙，
万里同是靠海捕鱼人。
唯祈海神一路息风少浪，
都放心去吧，
各岛燔烤香脆的海狮唇，
正翘迎女罕光临！”
万事安排妥当，
乌布西奔率亲随数人，
在放筏手达塔龙、
达塔马掌舵下，
扬帆准备起锚。
乌布西奔女罕出行时，
穿上了她的心爱征袍。
这征袍有众侍女和爱徒
乌布勒恩心血操劳。
神服光彩夺目，价值连城，
用了九百九十九块东海彩石
磨成的珠穗披罩，
用了九百九十九颗九彩海贝

镶嵌的八宝彩绦，
用了九百九十九根海鲸髯须
编成云水星光条，
用海葵、海莲叶剪出千幅花卉
贴成的巴图鲁绣带围腰，
用万年海龟板皮
缝出来的金鹰展翅太阳帽，
用云杉的落叶青枝
染制的滚龙高靴，
用青云香的汁液
泡蒸而成的香气四溢的浓云荷包，
带上筏舟有鲸皮大鼓，
熊皮椭圆神鼓，
海青鱼、灰鼠皮、岩羊皮小鼓，
船队擂响大小鼙鼓，
扯满篷，吹响桦皮号角，
乌布勒恩率族众海滨远送，
船队一直隐入海涛，
还在长久凝瞧。
因有套洛甘玛发领路，
船队顺顺当当首抵鹅脖子礁。
扶尼男女，
拖发裸身，
女遮毛羽，男系皮腰，
舞似鼬嬉歌长啸。
饥饿，
唯知鱼虾堪饱；
生疾，
仅晓嚼虫妙药。
性悍爽，征帆到，
欢欣雀跃，鹅脖子礁好热闹。
乌布西奔女罕下船，
喜见套洛甘玛发小女

——扶尼女酋霄霄。
乌布西奔，
送给霄霄蒸好的额芬[1]和谷种。
扶尼历来向喜渔猎捕捞，
谷种是稀世之宝。
乌布西奔唤人留住，
就地传授泡籽栽苗。
小歇一日，
女罕便火急率队东发，
寻救琪尔扬考。
套洛甘玛发和霄霄
阻劝说：
“可敬的女罕啊，
昨观晚霞像火烧，
不宜远行，
大海必卷风暴。”
乌布西奔说：
“纵然海卷狂刀，
救人心急火燎，
琪尔扬考他们生死未卜，
必得速速寻找。”
霄霄与阿玛不便挽留，
只好船送远海才鸣锣分道。

德乌勒勒，哲乌勒勒，
哲咧哩，哲恩！
东海古习女罕拥有众男佣，
而乌布西奔痴意钟情，
深深挚爱着“海宝”琪尔扬考。
两人虽相识短暂，
因对大海的无限依恋，

① 额芬：满语，面食，饽饽。

使两颗火热的心如太阳般赤诚。
乌布西奔自得知琪尔扬考失事,
真像失去了大海,岁月难熬,
梦寐以求要找回心上人。
女罕初闯远海不谙海情,
却牢记族众行前嘱告:
“海上事事忌骄躁”。
她命达塔龙拼命催促
九百名摇桨海狼[①],
让征船快速闯浪,
早救得蒙难者早返航。
不容喘息,东征路万分险恶,
瞬间雷鸣电闪,海空幽暗。
在刺耳啸风中猛掀怒浪,
浪涛鼓举高达十丈,
像大海兀立百座山丘,
又像悬崖峭壁扑向筏船,
人和船物被摇甩得东滚西撞。
此时,西岸左舷陡现暗礁,
暗礁中座座火山
——“托阿林”,喷着白烟,
夜晚焰雾里如红烛高烧,
闪红天际、海涛。
浓烟像尘砂直落筏船,
腥臭气味令人窒息,呕吐难忍。
惊飞的野鸥、群鸟,
逃亡远天,空中哀号。
东征的路越走越难,
好像有意与乌布西奔较量。
乌布西奔毫无惧色,
船群避开西岸火山巨浪,

① 海狼:满语“莫德利钮祜禄”,系指谙练海事的高超驾船手。

尽管东舷深海茫茫，
可躲过火山烟尘坠落。
海浪像有魔鬼吸力，
将筏船猛力打向西岸，
众海狼们拼力划行，
征船行驶缓缓，
仍被强大海流
卷入连环岛群中的西海滨，
与火山热流越聚越近，
无法躲避。
一连三天三夜，
筏船与海浪搏争；
一连又三天三夜，
像海中漂浮的叶梗，
晃晃摇摇如虫爬行，
一日难进百根高树的途径。
警锣声声，海水不时涌入船筏，
时刻有沉覆浪中之险。
黎明时，外海在火山烟雾中，
白茫茫、雾蒙蒙。
在陆地遥望朝日太阳神，
谁知在深海中竟被重重掩蔽，
红日在白雾中只见一片昏红。
太阳神看不清了，找不见了，
筏船行驰如盲人赶路，
完全陷入找不到归程的险境。

乌布西奔女罕和众随从，数日因海浪漂泊，个个昏迷，四肢乏力，如重病在身。所有在征船的人，都观察乌布西奔的脸色，恨不得迅速打舵急返乌布逊，痛快离开阴森死亡的怒海。就在紧要关头，火山浓烟里传来了悦耳的鸟叫。

乌布西奔三只心爱的小海鸥，

振翅归来了！
拍打着翅膀齐落女罕怀里，
乌布西奔惊喜地搂在胸襟，
像见久别亲人热泪盈盈。
仔细寻看鸥鸟腿上系的银簪，
更证实是她放飞的哨军。
鸥鸟齐向女罕仰脖哀叫，
已深信爱侍突其肯、突其奔、
琪尔扬考必遭厄运，
全筏船的人个个哽咽难忍。
乌布西奔拿起玉骨雀簪，
默默祝祷天母迅解灾情。
玉骨雀簪通体灼热，
三只小海鸥连叫不停，
机敏地传告女罕：
“筏船深困迷雾，
失去了明亮的双眼，
船毁、筏散、人亡即要发生，
何况灾难已知，该迅离为上。
英明罕啊，请速下返航决心，
延存生机才有新的苦征。”
海中人要有成败意志，
有进有退，
当机立断，
才能永求前进。
不进不退，
丧失机缘，
永无寻见光明之幸。
达塔龙、达塔马，
及众亲随也苦劝女罕。
英明罕见此光景，
也知今日东征，
不是机缘。

航海的路，
还没有查清熟悉。
只有返航详细筹商，
待整装出海。
太阳神的恩赐，
一定会降临给我们！
命船队祭献活牲，
投撒大海，含泪吊唁爱徒。
乌布西奔率领众人，
战风浪返回鹅脖子礁。
套洛甘玛发和霄霄，
在海上相迎。
乌布西奔自愧，
没听劝阻遭厄运，
倍敬套洛甘玛发，
是名副其实海上通。
乌布西奔求问航海秘经，
套洛甘玛发说：
“东海俗信天落石，
千里蹈海快如风。”
套洛甘玛发详解天落石，
星陨宝石乃天宇来客，
广蕴日月之精，
世代难遇，千里难寻，
东海人奉为神灯。
携数珠入沧海，
息风镇浪避秽邪，
暗海迷涛自照明。
乌布西奔话别扶尼酋领，
谢绝赏礁急返乌布林。

德乌勒勒，哲乌勒勒，
哲咧哩，哲恩！

小鸥要远翔，
必须练好韧性；
小鱼要远游，
必须学好水性；
岸上雄鹰要征服海涛，
必须有叱咤风云的本领。
乌布西奔回岸后，
不急于出海东征，
朝朝暮暮练水军，
与众徒苦琢海性。
苛求乌布林儿女，
不单是陆地虎豹，
个个成海中蛟龙。
沉心熬炼七冬春，
乌布西奔乌发增银，
誓志扬帆东海寻热土，
心系神秘的舜吉雅峰[①]。

① 舜吉雅峰：东海女真人神话中的秀美高峰。相传它在东海之中，是太阳的住地。太阳朝朝暮暮都从神圣的舜吉雅峰宫城中升落。

第七章　德里给奥姆女神迎回乌布西奔
——乌布林海祭葬歌

德乌勒勒，哲乌勒勒，
哲咧哩，哲恩！
在乌布林朝向太阳出升的山巅，
世代尊称舜吉雅毕拉峰，
代表着锡霍特阿林骄傲的身容，
高耸入云，
自古美称为天云的歇脚坪。
成群的岩羊，奔跑在山崖腰间，
成群的岩雀，飞翔在山崖林丛，
白天鹅时时鸣唱在山顶，
白银海雕时时盘旋在山尖。
平时，它们总是隐藏云中，
很少能见到山巅的巍颜。
雨在山巅崖间飞落，
雷在山巅胸怀中滚响，
风在山巅崖脚下咆吟。
人们总是望见，
舜吉雅毕拉山巅的幻景。
每逢太阳出山，
便可见到山顶展现光晕，
像一颗星星嵌在山顶。
每逢太阳落山，
便可见到山顶的光芒，
在微微熄遁，
隐入山峦绿荫。

奇异的光彩，
它是太阳神的影子，
它是太阳神的光韵，
引起人们无穷联想
和对它的敬崇。
乌布林东山之巅，
是朝拜圣日的神殿，
山谷间摆满祈祝的供品，
那么圣洁、崇高而威严。
传说，天母阿布卡赫赫
同恶魔耶鲁里拼争，
曾歇息在山巅的卧石亭，
饱享了山巅上的美儿荭，
沐浴了最先降临的月光，
才更加不可抗争，不可战胜，
击败了耶鲁里，重振寰穹。
山巅美儿荭圣果是红珠果，
甘甜而芳芬。
人若没有造化和毅勇，
很难能够睹见神踪。
山巅常有神女投下天落宝石，
万道金线，
七彩晶莹，
红遍山巅。
相传天落宝石为太阳躯壳，
东海人航海夜明珠，
劈浪融雪照征程。

相传，天落宝石坠地即隐，非人肉眼而能瞻寻。天落宝石性结良朋，与禽狐朝夕与共。若图宝石必先求踪。山巅住着：

千年的天鹅，它守护着宝石洞；
千年的雪狐，它看守着宝石洞；

千年的银雕，它卫护着宝石洞。
传说传讲了几千年，
谁也未见到天鹅、雪狐、银雕。
而天落宝石和红珠果的神影，
究竟什么模样，
渺茫如梦，
没有一个人能够讲清。
纵然是千古传闻，
欲驾驭东海的乌布逊人，
坚信套洛甘玛发嘱咐，
寻找天落宝石心不移，
有志者事竟成。
病中古德罕王，
殷殷叮嘱乌布西奔：
“深信您情真至诚，
天落宝石必召至乌布逊！”
乌布西奔自扶尼海礁归来，
为有朝如愿探海迎日神，
日夜虽操劳海训，
天落宝石亦久挂在心。
早命乌布林飞崖哈哈西[1]，
五上舜吉雅毕拉山巅，
摘回三枝美儿茊敬神，
可天落宝石却无迹可寻。
乌布西奔在密室用鹰骨卜问，
虔诚终于换来奇异的神境。
在太阳出升方向的舜吉雅毕拉峰，
百只白天鹅，从东海飞来，
百只银雕，在东海飞浪里，
展翅盘旋，
百只小雪狐，在山腰峭崖间，

① 飞崖哈哈西：富有攀岩越涧本领的男儿们。

欢舞狂奔。
这是德里给奥姆妈妈的恩赐，
这是送日神送来的动人奇景。
乌布林人惊喜地叩首膜拜，
同贺神灵送来了福音。
乌布西奔女罕，
遇事则重人为，说：
“现禽现狐，
天道常情。
勿靠虚妄安生，
诸事身体力行。
海上岛屿如星，
雕狐该因有洞。
万事全凭齐心，
必得涉水详询。”
女罕力主追踪白天鹅行踪，
仔细观察白雕途程。
知晓栖行的山水终点，
寻找海上太阳热土。
天落宝石究存何方，
也就得到明证。
聪明的乌布西奔，
给众人打开了一扇门。
要使光明幸福永驻乌布林，
不应坐看舞吉亚毕拉山景，
应探清天鹅、白雕的巢林。
可是，神浪较量乌布林，
一连三十个潮涨潮落，
涛如岩墙，吼浪汹涌，
黑沉沉、蓝湛湛的大海洋，
海鸥无影，
鱼儿深藏，
只有猛浪拍崖的鸣响，

只有鹅、雕在密云中穿翔。
德里给奥姆妈妈给慧眼，
乌布西奔和族人站岸上，
见此景况，心情敞亮，
对啊，海中必有栖息之地，
必有神秘的地方！
这金光普照的土地，
一定是巴那给额姆的心脏。
找啊，找到了海中天堂，
那儿必是众神的故乡，
太阳从圣地东升。
可惜，人不生神奇的双翅，
大洋洪水，隔断了绵绵情长。

德乌勒勒，哲乌勒勒，
哲咧哩，哲恩！
太阳总有从云中露脸的时辰，
奇彩总有展现在世人的时光。
正当海水在晚霞中披上了红装，
正当鱼潮在欢浪中纵情跳荡，
深悠悠的大海啊，一望无边。
黑沉沉的浪波啊，渐渐安详。
归帆的舟已见不到几行，
海在初夜中突然宁静。
远方水波上闪现点点光亮，
在夜海中忽隐忽明，
忽清忽暗。
这难道是晶光鱼的鳞光照闪？
这难道是火光木的磷火烁燃？
这难道是海中有夜船来往？
这难道是天落石出现海波间？
奇迹令众人奇怪惊骇，
百岁老翁都很少遇见。

乌布逊部落全是赶海人，
“水凫”威风百里传。
泅水一日，二日，三日，
如在陆地上玩滚翻。
齐见海中有飞亮，
难道天落宝石降海上？
个个飞身跳海追光亮，
嗖，嗖，嗖……
一连纵入水中十数个年轻人，
岸边引来了众多围众，
也来助喊呼叫：
“往深处游，
朝浪尖游，
光亮躲在白浪里头。”
不一会儿，海里响起
“呜呜呜”羊角号。
“水凫”吹角喜传告：
“猎物捕到，
已在掌中很牢靠！”
岸上呼喊，雀跃，
岩悬火把，
皮鼓猛敲。
这是岸上秘语回报：
“接迎的准备已做好，
小心别让猎物脱逃！”
圆月正中天，
海上风呼啸。
一群矫健的“水凫”，
拥簇着一个大木槽，
推上了滩礁。
族众这时才看清，
大木槽是海岛古槐刻造，
硕大的盆底三个勇汉可藏。

古槐红紫闪亮，厚重如岩，
最初伐下时会足有十抱粗！
这是神岛中的神树，
乌布林山中很难寻到。

这时，众“水凫”从槐槽盆中，抱出满身红毛的裸体野人，双目紧闭，微微呼吸，人事不晓。红色毛胸一起一伏，长发拖地，盐水淋淋麻麻。阴下长毛和腹胯上的毛相连，像山谷丛林，全身躯肉海水中泛成红黑色。黑里映红，红中映紫。索索[1]受冷冻，立如小柱子，直向天穹。族中长老拿过皮袍盖住躯体。健壮的人们，捧起野人的头、臂、胸、腰、双腿，飞跑上岸，放入早已搭好的海豹皮长床上。燃起篝火照天的九堆，篝火是海岸人的俗礼。凡大海送来陌生的野客，迎迓的族众都要燃起冲天的篝火，向天昭示，有远方生命来到乌布林部落，是兄弟，是四面八方的家人。

乌布西奔击鼓咏唱，
祈求上苍降下福祉，
祈求恩都力妈妈送来慈祥，
为大海漂来的野人招魂，
送还他的生命。
族众围着篝火，
围着野人呼喊欢跳，
声音震撼山谷月空。
少顷，野人突然苏醒，
跳跃而起，
见周围的人群，
知道自己到的地方很陌生。
裸体佝偻着呼叫，癫疯跳蹦，
想跑回大海中。
乌布林人围得如桶，

① 索索：满语，男性生殖器。

他见无济于事，乱闯乱拼。
野人手指东海，
——我是海东土人。
野人鼓胸挺腹，
——我是威武壮民。
野人扬肩甩臀精神抖擞，
——我是正直男性。
野人睁目蹲地，
——为何不解我的心？
野人抱膝曲颈向前，
——我向众人拜礼求恳。
野人双手凫水不停，
——快快放我海里逃生。
在篝火熊燃的海滩岸边，
扈伦拜唐阿[①]裸身跳入圈中，
向野人双膝蹲跪，
双手平伸，
站站，蹲蹲，
鼓嘴巴“兹——兹——”有声，
这是东海联络古音。
凡野民海中相遇，
都用这种姿容，
相互亲密，
坦荡胸襟。
五名拜唐阿，
在众人呼号节拍声中，
忽跪，忽跳，忽站，忽蹲，
头发摇摆，手足屈伸，
在鼓声呼号声中，越跳越亲，
将野人掬起，
赤裸狂舞难停。

① 扈伦拜唐阿：在部落里总理各种事务的执事人。

野人忽而攀树，忽而跃纵，
忽而嚼食，忽而翻腾，
也像见到了亲人，
欢笑着，号叫着，
半蹲半站，
回谢众人。
这次，从海上接来的
漂海野人，
虽言语不通，
无法沟通心灵，
然而，东海自古哑语，
举世闻名。
各岛相逢相争，
以哑舞传心，
以呼号达情，
以长吟长调撼人。
野人的赤诚，
激动着乌布西奔等人的心。
古德老罕王心田慈善，
嘱咐不要伤害野人，
亲亲相抱，
载歌载舞，
十分欢欣，
走下梯阶，
在族众中，
也扬臂掸手舞动。
族人们见老罕王起舞，
都跳进场里，
与野人欢舞嚎咏。
热烈衷情，
犹如亲人远海初归，
共祝同庆。

德乌勒勒，哲乌勒勒，
哲咧哩，哲恩！
哑舞开启了心田之门，
手舞足蹈和狂哮，
打通了相互的疑难。
野人远居东海中太阳岛，
因随主罕采捕须鲸，
宝石诱迷作饵鱼群，
海浪中险遭飓风，
板木槽卷入深海汀，
被颠摇十几个月缺月明，
饥饿不醒，
昏死中漂泊陌生的乌布林。
乌布逊人按祖风，
远客到来礼敬盛宾。
乌布西奔命侍人抬来
新捕的海豹三只，
奠血敬海。
众萨满举起海豹，
请远客——
野人先撕开海豹胸膛，
取出肝肺心肠，
海豹越疼痛越无声音。
血抹身上、脸上、头上，
这是圣血，友情之血，
互相抹着血，
吞吃鲜肝、鲜肠、鲜心……
相互永无猜忌，
无拘无束，心心相印。
然后，乌布西奔女罕，
亲自捧来三件：
草编斗篷，
皮条编织斗篷，

天鹅绒编织斗篷，
任野人选用。
野人挑来挑去，
翻来翻去，
比来比去，
选中了天鹅绒银光斗篷。
头上戴上了彩羽冠，
脖上套上了银珠铃，
腕上系上了蓝珠睛，
从未有过如此的扮装，
从未享过如此的殊荣。
左顾右盼，上下打量，
新奇难言，抚爱周身。
拜唐阿们用哑舞传颂：
这是本部老罕王
和神威女罕的赏品。
野人惊喜，感激不尽，
忽然拍身狂舞，
冲开围着的人群，
跑向海滨。
众人以为要跳海逃走，
虽知，野人力大无穷，
走到他的槽盆船，
将红槐木盆举上头顶，
迈大步轻身上岸，
奔到帐篷和篝火前面，
放下大槽盆。
众人吃惊观望，
不知野人做何举动？
只见他举着粗大手掌，
猛力拍击槽盆边缘。
盆箍全都捆缠着野紫荆，
荆条崩落，盆沿露出无数洞。

木洞孔被篝火辉映，
顿时闪出道道光针，
像一束束光柱射向人众和夜空。
明亮透红，闪着太阳的光彩！
恩都力啊！天落宝石火光降临！
乌布林毕拉，
期盼了千载的天落宝石，
乌布林毕拉，
传诵了百代的神奇宝石，
乌布林舞吉雅毕拉山巅宝石，
——神雕、天鹅、雪狐护卫的宝石，
由东海野人送来了！
这是征海的喜兆，
这是吉祥的福音。
乌布西奔笑搀古德老罕王，
起身离开百狐凳，
同赏镶嵌天落宝石的槽盆。
野人从槐木盆中，
抠出一颗圆大的亮宝石，
双手捧给女罕乌布西奔。
乌布西奔放在手心，高捧头顶，
相传它是太阳神的肤肌，
今天，竟能真实展示神容。
这是神的鸿恩，
这是德里给奥姆妈妈的爱怜。
乌布林远离太阳故土，
终喜得了太阳的珍宝。
部落人将野人视为神使——
太阳神的使从。
天落宝石十九颗，
供奉在神坛正中。
野人——身满绒毛的人，
纵情传诵宝石神效：

在海之东，密布的大小岛上，
盛产宝石，
银白色，红黑色，晶黄色，
大小不一，
深藏石沙之中。
唯有海凫、天鹅、神狐，
能从沙堆中寻得。
光洁耀目，
犹如日月之明。
海中人以亮石相互联络互援，
海中人以亮石照射暗去之程，
海中人以亮石探海凶鱼惊遁，
海中人以亮石驱热镇静祛病。
奉若神目，
照穿魔窟，
驱邪除秽，
妖鬼远避。
相传神石产于神岛，
神鸟常衔神石，
凶雕不敢追逐，
蛛蛇不敢吞噬。
神石是稀世之珍，
常人常一世未得一珠。
野人槐盆十九颗珠宝，
足见他是海中望族主事，
必威严掌管野类海民。
乌布西奔女罕，
殷请留住乌布林毕拉，
由他执掌渔猎海业，
人人俯首，个个忠勇。
野人生于海中，
不恋陆上炊烟，
坚意重归深海，

除非头肢分离。
乌布西奔，
见他归心如铁，
叹息一声，召来众徒：
“我自幼夙愿，
踏遍东海波涛，
寻访太阳神圣土。
我数载憧憬，
天落石的母源，
搜求东海宝石沃土。
海神护佑我们，
送来今日的幸会。
太阳神的恩赐，
引来了东海故土使者。
你们顺着他的路线，
不怕前途虎豹成群。
你们踏着他的足迹，
不怕骇浪千丈涌。
进入神奇的东海，
寻找海中乐园。
若找着生息之地，
请将白鸥三十只放归乌布林。
我便知道了，
你们海中的捷讯。
若被怒浪吞入海腹，
请将黑鸦三十只放归乌布林。
我们便举行
哀号的海祭，
永世吟诵你们不灭的英魂。”
说到这，乌布西奔命人
拿来笼中三十只白鸥，
拿来笼中三十只乌鸦。
这是乌布林的信使，

承担着风雪中报信职责。
专有驯鸟女三名，
随从入海。
远征的船队，
乌布林往昔只是一些近海小筏，
从未有进入，
迷茫无垠的大海。
陆地生活的人，
怎了解海的禀性？
东海的水啊，
按野人的陈述，
像个盆湖，
海的漩涡总是圆形旋转，
只要找准季节、风向，
圆舟可在海的漩涡中，
永按同一方向旋转前进。
纵使万里，仍可能，
缓缓回到原初起航地。
遵照野人的设计，
砍来十搂槐木九十根，
用鲸鱼膘熬成浆胶，
用综树里层纤维丝做箍绳，
用了五五二十五个日日夜夜，
做出长圆形瓢船四条，
上加帆樯四根，
里面建居舍、睡床，
带足了所有的，
兽皮、谷粮和饮水。
欢送的人啊，站满了海岸，
乌布西奔女罕，
祭洒鲸鱼、神鹿血送行。
雄鸡报晓第二遍，
浩浩远征队前队出发了。

雄鸡报晓第三遍，
浩浩远征队大队出发了。
追随野人的槐盆船，
一行五艘，
驶向大海茫茫深处。
乌布逊东征军——
寻找太阳的队伍，
在皮鼓声中，
在踏歌声中，
在神民呼喊声中，
在乌布西奔大萨满
咏诵的神歌声中，
进发了！进发了！
白波滔滔，
白鸥飞翔，
太阳光芒，
——正当晨光高照的上午，
像一片片金银，
铺满了海面，
铺满海中岛屿山谷。
乌布西奔的神鼓从岸上传来，
震撼了海空、海浪，
敬告海神护佑，
瓢船在神鼓中扬帆远去。
瓢船像快箭离弦，
又像点点鸟影，
钻入云际，
又像点点白鸢，
钻入水下。
人们一直望不到船迹，
听不到呼喊，
平安的神鼓啊，
送走了远行的征人，

带着人们的挂念和欢欣。
天有不测风云，
鸟有飞翔的闪失，
四蹄骏马还有摔倒的时候，
乘风破浪的神力海瓢船，
在激浪强风中，上下穿梭，
野人——瓢船的掌舵人，
拿出天落石，
用光亮探测方向、航程，
谁知，一时疏忽，
不慎将神石落入海中。
野人以石光与石光相引，
以石光与石光相会，
没有了宝石，没有信物，
便如进入了黑暗地狱！
嘿嘿！从日出到日落，
嘿嘿！又从日落到日出，
天空中的白鸥越飞越多，
蔽云遮日。
这是不祥的征兆啊！
野人——突然跳起，
爬上中心大桅杆，
像只猿猴很快攀到了杆顶，
手打凉棚四下眺望，
高望大叫——
呀呀呀，依依依——
呀呀，依依，依依，呀呀——
谁也不懂他的谜语，
众人却见远方海中绿地，
瓢舟破浪冲上
一道陌生礁石。
正在众目惊呆，
远望山腰阴森森绿林时，

海中蹿出无数水鬼，
赤身裸臂，
像梭鱼，跃入槽舱里，
一个个蒙首遭缉。
驯鸟人忙按女罕妙计，
迅放笼中白鸥，
白鸥像箭，飞入海空，
将乌鸦也连忙放飞云际，
驯鸟女和空笼痛遭刀劈。
水鬼掠瓢船入一港湾，
水鬼个个长发披身，
躯肌裸露，
只有腰间鱼皮围捆。
耳有双环，鼻有银环，
腕有白环，足有白环，
仔细分辨，方分出戴环者母性，
至高无上的象征。
男鬼鬓发长长，母性仆从。
只见头环百条银丝带的，
全岛威严的女罕，
心尚慈善安详，
嗷嗷叫了几声，
用头上白环，
——海晶石绵绕成，
阳光下银光耀眼，
在每个俘虏头上扫三下，
——这是准允留下的法规，
从此成岛上新岛鬼。
海雾茫茫，白浪滔滔，
东西南北难分清，
故乡插翅亦难回。
绿色小岛，
像个雀蛋，

方圆千步远。
树木丛生，野果丰艳，
乐园岛鬼不下数十员，
离陆地像山南山北样。
群虏被当地鬼人收奴，
像野籽风吹新地，
像珠浪汇入海洋，
禾苗有土能生长，
温馨的绿岛，
执意留居陆上壮秧。
然而，女罕众徒心念乌布逊，
私逃纵受剥皮蒙鼓非刑，
攀山蹈海归志坚。

德乌勒勒，哲乌勒勒，
哲咧哩，哲恩！
乌布西奔女罕啊，
正朝夕盼待消息。
谁知飞回身边的白鸥长啼，
还有一群黑色的乌鸦号聚，
白鸥分散归来，
谕告人殇海域；
白鸥携乌鸦同归，
谕告覆陷暗语。
这是无言的警示，
瓢船已全逢灾罹。
乌布西奔女罕，
悯怀远征人受磨难，
舜吉雅旌立五里神坛，
古德罕和女罕长宿海礁，
日夜率众击鼓祈海神，
苦去灾消，转危为安，
征人不归不上岸。

祭鼓动情风魔婆婆，
子夜频摇风车暗帮忙，
原遭水鬼连环盘绕的笨瓢船，
神风解索无桨自飞，
人船吹回乌布林。
天上的流云喜欢相聚，
地上的鹿群爱好相恋，
远离乌布西奔的失散人，
在白鸥翩飞的时候，
在乌鸦鸣叫的时候，
一个个，一伙伙，
骑枯木、扯龟尾、擅蛙泳，
都陆续重聚乌布逊。
被瓢舟漂泊来的陌生人
此番远征的野人，
友爱乌布林，不想返故岛，
愿留在女罕身边听命。

德乌勒勒，哲乌勒勒，
哲咧哩，哲咧！
七月的东海，
泛涛翻涌。
朝朝暮暮，
沉沉白雾蔽盖海空，
热蒙蒙如热雨淋淋。
海与人的心啊，
完全被哀愁罩笼。
征人归里乌布林同庆，
女罕积劳成疾愁煞人。
乌布西奔数日卧病沉沉，
古德老罕王亲来送药喂饮，
爱怜她全心为了兴旺乌布逊，
法吉妈妈等众首领都齐来叩询。

篷楼里，众萨满沉吟委婉，
祈祷阿布卡赫赫和德里给海神，
护佑乌布西奔圣主能
病体康愈，
同帆东行。
五十杆鱼油灯照彻篷楼通明，
五十盆草脂油馨香飘散，
入鼻顿觉心爽目清。
周边密岛的大小海礁，
都飘曳着灯缸和草脂香风。
这是驱魔的神灯啊，
这是驱瘟的神香啊，
海鸟在鸣叫飞翔。
特尔沁，特尔滨，
围侍女罕，日夜不离形影，
虽然消瘦体力虚软，
饭来忧愁难咽，
仍含泪围着圣母罕，
长跪着千祈万祷，
求助众神护救圣母罕。
乌布西奔昏睡多时，
忽然睁开眼睛，
轻轻环顾四方，
见四周围满众人，
见老罕王古德伤心不忍，
便微声说："不必悲痛入心，
壮心不死，佑我有神。
特尔沁，拿来千年人参水，
特尔滨，拿来百岁海龟血，
连用几时便返老还童。"
乌布西奔不用扶持，
坐起来自拿小骨盅，
把参水龟血连饮而尽。

众人纷纷报喜,
一连七个日朗风清,
女罕进食渐增。
这是吉祥的福音啊!
乌布西奔虽屡生遗恨,
浩渺大海令她神往益深,
求索太阳之念爱恋益浓,
矢志不渝,
赍志以终。
众侍人安慰英明女罕的心,
个个争先恐后,
情愿代女罕踊跃新征。
大病初愈的乌布西奔女罕,
含泪送爱将们远行。
在彩虹飞过头顶的吉祥时刻,
在海浪唱着不停的歌声时刻,
在月光照着万里的海滩时刻,
在鹿血鱼血冲洒圣坛时刻,
鼓声震撼着山谷莽林,
乌布林在狂欢之时,
女罕走上圣坛,
宣布再次出海!
宣告槽舟远渡!
乌布西奔萨满请出野人,
——赐名“嘎憨”,
为全岛通事向导,
都尔根、达塔龙的谋士。
另选造饭人四名,
护水人二名,
驯鸽人二名,
摇舟海狼十名。
乌布西奔将嘎憨带来的天落石五颗,
镶嵌槽舟的四周。

夜晚黑暗无光时，
也可有灯光闪射。
天落宝石，
是神的慧眼，
阿布卡赫赫的恩赐，
愿它保佑众人，
平安入海，一路顺风。
在神鼓扎板踏歌声中，
海岸人声鼎沸。
乌布西奔大萨满，
病中的古德老罕王——
由两个侍女搀扶，
也为勇士壮行。
鼓声如雷，
歌声如潮，
群鸥飞啸，
槽舟在老少族众难舍难分中，
隐入海涛。
众人跪地遥送，
虔诚祈祷海神——奥姆赫妈妈，
虔诚祈祷东海女神——德里刻奥姆妈妈，
保佑您儿女平安远去，早传捷报，
早早投入太阳神的热土怀抱……
大海像领会族众渴望的心，
风平浪静，鱼虾欢跃，
海水像明洁湛蓝的丝绸，
群群章鱼在槽舟四边点头扬爪，
仿佛向这群恋海人致意问好。
风不吹，浪不涌，
嘎憨都吃惊地大喊，
唱起野人的海歌“乌春谣”：
嘿嘿——呀呀——呦呦——
呀呀——呦呦——嘿嘿——

呵——哈——里——尼那耶——
呵——哈——里——尼那呦——
悠长豪阔的悦耳颤音，
大海十里百里远都传到。
招来无数海鸥飞聚，
落满了槽舱舟篷，
望着征人嗄噢唱鸣，
像与嘎憨兴比韵调。
海上安度了十个通宵，
驯鸟人，每天往故乡乌布林
放飞十只安详鸟，
频传平安的喜报。
掌舵人每天按照
旭日跳出东海的方标，
对准无误，
拨正鸟头，
不差分毫。
随时向都尔根、达塔龙，
把槽舟航向禀告。
都尔根、达塔龙，
迅让驯鸟人传报女罕知晓。
这两位男女槽队“管校”①，
素为女罕赞赏依靠，
此刻受任槽队统筹，
哪敢有半点疏漏，
两眼殷红水肿老高。
连日饮水咽不进，
鲑鱼干光知在嘴中嚼。
全槽舟人事安危，
乌布西奔卧病托嘱，
时时刻刻萦绕在耳鼓，

① 管校：古时航海校向总管。

争分夺秒跟天公浪母比智高。
槽舟不毁，海神顺利领到太阳礁，
普天生民永享暖阳柔抱。
然而，前方茫茫大海，
阿布卡赫赫，
太阳热土哪里找？
东海自古有俗语：
“可鄙的人，遇事占奸取巧；
可敬的人，遇事百折不挠。”
哪怕前程奇奥难卜，
哪怕鲸齿狼牙险要，
虔心找到太阳圣土。
众志成城，
破浪开道，
有阿布卡赫赫的庇佑，
一切会光明普照！
白鸽已顺利，
放飞了第七次——
第七个平安信号！
夜，降临了，大海开始骤变了！
黑茫茫一片，远方西天角，
啊，浓厚天云——
猛然间骤聚顶天立地虎口！
海上人都知道——
“云织套，神难逃。”
这是海上信息——风暴！
野人嘎憨惊得大喊大叫：
“哇喳嘎，来了杀人风暴！”
叫几个壮汉来助达塔龙护篷，
又叫达塔龙拼命抓牢帆缆舵艄，
一旦风暴瞬息遽变，
必须会巧使篷帆。
若风向顺道，

篷帆不但不可放落，
还擅会神速调帆。
神帆是舵家百万兵，
辗转好歪全凭灵手腕。
强手令槽船生万双翅膀，
航速连梭鱼都追不上！
突然，声声惊雷，
暴雨如注，闪电千条，
人在雨中泡，船在雨中摇，
雨海难分，掀起三丈高怒涛，
皮篷撕碎，
帆杆断倒，
无帆槽舟像海中小球摇。
由浪尖冲上雨天，
又陷入十仞海沟，
个个吐得肚肠如刀绞，
紧抓舟上的绳索柱脚，
拼命向巨浪显雄豪。
都尔根浪里挺立，
让驯鸟人快放飞鸽群、乌鸦，
传告槽舟遇险噩耗。
都尔根叮嘱临危要沉着，
只顾说话、喊叫，
一个连环浪抛下来，
海神将都尔根女大萨满，
接走了！接走了！
众人呼喊，哭泣，
盖过烟雨、
雷鸣、浪涛。
达塔龙拭泪鼓劲说：
“都尔根去找海神求助，
切勿懈怠，神憎懦弱。”
伤船像海中的残叶，

任凭海浪颠摇啊颠摇，
不知不觉，不知不觉，
将槽船扔上了天腰，
咔咔喳喳地动山摇。
哦哲勒勒，哦哲勒根，
槽舟不动了，
槽舟被巨岩抱得紧紧，
像有位海神的巨臂，
把槽船夹牢。
雨猛烈，雷咆哮，
海浪狂潮，
槽船队确保得救，
被飓风平安推上岸礁。
野人嘎憨，
早年曾来过这里，
认识海中著名的窝尔浑岛。
聪明的达塔龙，
身边仅有一只白鸽，
他把自己胸前一穗白珠，
拴挂在白鸽膀子上，
又在另一膀子上拴穗赤珠，
脸抚白鸽，
命它速速回见女罕，
传告他们安抵陌生海岛。
达塔龙清点人数，
一切平安，
只少了都尔根萨满，
选九十九块彩石代供，
摆满海滨白沙坪。
惜别钦敬可亲的都尔根，
达塔龙沿安葬尊贵的萨满古礼，
每人用匕首破右手心，
血抹头额、石上，

湖心水为酒，面海叩拜，
血石纷纷扔入大海。
有众人之魂，
守卫都尔根安眠的大海，
陪伴她，常不孤寂，安息永恒！
又在崖上立起巨石，
刻画一尊裸发女像——
都尔根不死，常驻长生。
槽船完全破碎，
饮水、肉糜亦被海浪冲光。
窝尔浑岛与乌布林一样，
擎天的松、桦、榆树古林，
有十搂之粗，绿茫茫，
苍翠一望无边。
熊、狼、鹿、兔到处可见，
是座美丽的海上绿园。
在嘎憨带领下，
捕捉鹿狼獐兔，
采亚格达、红灯笼、甜果豆，
还有数不尽香花、野菜，
嘎憨叫人们不可乱吃，
他都一一尝后，才让众人享。
现采来枝杆百根，
搭起窝棚——“比干包”，
炊烟四起，
犹如一个新部落。
夜幕中，人声呼叫，
拿石矛藤盾野人围上来，
争叫这是他们的领地，
为首的是个长毛大玛发——伯单玛发，
还有长毛大妈妈——苦杰妈妈，
人还仁慈，没有敌意，
野人嘎憨，伸肢扭臂同舞，

同他们频频联络，
讲清是被海浪送上岸的遇难海民，
请他们怜爱，请给吃住之便，
苦杰和伯单慨然许允。
月夜风静，好心主人排长队，
顶来野米谷、干肉、野菜。
篝火熊熊，
主人们围起篝火纵情欢舞。
男人女人，老老少少，
都是舞手，
能歌善舞。
女人男人身上都是长毛，
而以有长毛为荣，
有长毛为俊俏。
无毛之人，
视为奇人，怪人。
耻笑外海的人，
身上无毛，不可思议。
窝尔浑岛远近闻名，
盛产紫花根白乌头，
乃千载峻药，
煨箭毒兽，
颗粒迅夺百命。
东海人自古涉海来岛采药，
有被风浪卷来安家谋生。
达塔龙安顿了部众，
决定选风平浪静日子，
踏海返回乌布林，
与女罕禀告前情，
嘎憨也坚意同他陪行。
达塔龙谙熟海性，
他身挎四个充气的海鲸鱼肚。
钻入海中，

像潜水的鱼在浪中穿行，
有时头出海面，像站在海里石礁上，
有时全身隐入海中，
偶见水波白浪，
才能判知他海游几程。
嘎憨也是水中“鬼神”，
不逊于达塔龙，
两人竞赛着向西岸游去。
四个昼夜，
安然返回了乌布林海湾。
众人将他俩举回大寨，
乌布西奔出帐相迎，
手拉手感谢两英雄。
只见女罕帐内，
归来的白鸽、乌鸦，
仍在笼中吃食。
可见，女罕何等思念远征亲人。
女罕乌布西奔，
用最好的美酒、烤全鹿，
款待归来的嘎憨、达塔龙，
又将自己心爱的都尔根萨满
生前喜用的鲑鱼皮袍，
高挂神厅，焚香祭颂。
然后，女罕慢慢讲道：
“你们寻得窝尔浑岛朋友，
这是乌布林的大幸。
是我们跨陌生东海之桥，
是我们奔向太阳必经坦径。
要热情与岛人相爱相亲，
不猜忌、不惧怕、不憎恶，
互帮互助，实信我们友好之心。”
乌布西奔命达塔龙、嘎憨，
转达她敬慕真情，

将乌拉部送来的珍宝、金银饰物，
选最好的宝箱盛装，
带到窝尔浑岛，
送给伯单大玛发
和苦杰大妈妈。
乌布逊愿和窝尔浑姊妹相称，
热情欢迎能来乌布林做客。
达塔龙告知女罕：
听当地岛鬼们传讲，
在窝尔浑东望，
太阳仍从东海出升。
窝尔浑岛远不在终点，
太阳升出的圣地，
还在遥远的海东。
恰如女罕所言，
窝尔浑是迈向圣地理想的海桥，
是航队东去的歇脚林。
那里海鬼百年前同是岸上人，
淳厚、好客，一家亲，
是阿布卡赫赫，
赐给我们的福荫。
乌布西奔命他俩，
不怕海涛，不避艰辛，
择日迅即登程，
速返窝尔浑。
女罕问达塔龙，
还要什么人员仆从？
达塔龙一一推辞，
拜别了女罕与众人，
俩人夜渡回归窝尔浑。
窝尔浑岛湾的罕王，
伯单玛发、苦杰妈妈，
对达塔龙的返回，

欣喜万分，
收留了乌布西奔女罕全部礼品。
女罕要求协助东征计划，
全力襄助，
一一应允，
定比本岛事办得还要精心。
伯单罕王还专挑五虎踩浪海鬼，
为征帆做通事，探报海情。
达塔龙有伯单、苦杰合助，
如虎添翼，信心倍增，
星夜重新补修槽船，
激奋槽工尚勇精神。
伯单苦杰赠送岛木和野人，
船队壮大兴旺，
五艘大槽船，百余族众。
黎明槽船神鼓报晓，
扬帆向东海越峡征进。
伯单选派的向导精熟海道，
很长一段海程，
应沿西海岸北行，划向苦兀大海。
然而，窝尔浑向导东海之路，
独辟蹊径，
方标木鸟头直指东。
窝尔浑划桨手个个像海龙，
粗手毛身快桨船飞行，
三天路一日程，
野人犷歌盖涛声。
达塔龙心情振奋生疑问：
“方向应该向东，
为何向北驰行？”
窝尔浑向导说：
“东海茫茫，
巨浪滔吟。

轻舟薄叶，
天时为命。
浩洋平生九丈浪，
槽船何能抗命？
巧认洄游海潮，
切记寻礁北行。
北隐西缓礁遮风，
火山热泉梦难醒。
苦兀揖别北海迎，
槽船舵把再指东。”
达塔龙怯忆海浪险恶，
也就谨按窝尔浑人赶海吟，
督船慎进。
达塔龙感激窝尔浑人，说：
“女罕得你们相助，大功必成！”
窝尔浑向导说：
“我们世代活海上，
没见有人敢称海上通。
大海一日百样令，
天时、舟筏、人为、海信，
四方欠缺殒常情。
其中最难算天道风云。”
天的不测风云，
窝尔浑人预言真准，
槽船北行数百里，
西风突送火山硫烟阵阵，
浓雾遮天，刺得泪眼迷蒙，
海啸乍起，壁浪悬涌，
槽船抵不住海涛的冲拼，
像有一股神秘吸力在扯引，
粗悍的新舵新桨接连咔咔折损，
箭似的向西边绿岛斜倾猛冲，
窝尔浑人也迷失方向，筋疲力尽。

槽船像脱缰野马不听摆布，
一直向陡峭礁崖撞去，
完全面临船毁人亡的危境。
千钧一发，
只听一声山摇地动般震响，
槽船戛然不动，
像海中有双巨手擎住。
达塔龙等人震醒才发现
这里处处暗礁峭岩，
领船虽遭重撞，
幸好卡在两大岛礁间，
船上人安然无恙。
另三艘槽船人未伤，
船已无法驶行，
所有征人弃船涉海上岸听命。
西海岸绿洲海水湛清，
岛上礁石奇花异草丛生。
硫烟弥漫，
海啸还时时不停。
无奈苦熬九天九夜，
采野菜、野果填腹安生。
无奈熬过九天九夜，
一个个瘦弱染病，
窝尔浑人纷纷逃回窝尔浑。
火山硫烟礁使百里岛群，
热雾笼罩，人兽绝影。
人若常在硫雾里久停，
皮肤易沾染难见的粉晶，
日长成斑，
周身生疹，
彻夜痒痛。
部众只盼早回乌布林，
不愿留驻久等。

达塔龙深感愧对女罕，
向乌布林跪伏，悲愤万分，
请求女罕惩处，
挣扎着病躯与嘎憨商定，
只好带众返程，
率众修补槽船，
速返乌布林。
大槽舟沉重若万斛，
推都推不进大海中。
嘎憨召来众人，
翻过一个个槽船看清，
船下像小山丘直翻动，
黑蛐蛐，密层层，
摘净了船下吸满的
海参、贝蜊、海虹。
槽船只只轻如鹅毛，
在海浪中漂荡缓进。
帆篷高挂，
扬帆驰离硫烟险境。
伯单玛发，苦杰妈妈，
早站窝尔浑海边迎送。
哦哲勒勒，哲勒勒，
达塔龙和嘎憨就这样，
在叹息中怆然回返，
终结了女罕第三次东征。

德乌勒勒，哲乌勒勒，
哲咧哩，哲耶！
乌布西奔女罕，
仔细聆听归来人的陈情，
让众英雄各自归帐歇寝。
远征之事，
待向神祈请后再作筹定。

达塔龙和嘎憨，
悄悄退出龟鸥篷，
乌布西奔独自一人，
在神堂焚香祈祷，
求众神指点迷津。
太阳的路，
该如何找寻，
难道无缘拜访太阳神？
不信世间千态万境，
有志者不可登临。
乌布西奔独自信步海滨，
身边侍女，
——众心爱小萨满们，
都悄悄追来，
在女罕身边陪侍照应。
乌布西奔伫立到夜幕降临，
随侍人宿住望日楼珊花庭。
望日楼自乌布西奔
受领古德罕之权柄，
将迎日拜日圣堂整修一新。
居高临下，在小山巅顶，
红松梁栋，木楼三层，
内地汉匠雕建，飞檐斗拱，
颇称壮观，名传海东。
望日楼可望出海的渔舟帆影，
望日楼可侦视入港的渔猎丰盈，
望日楼可眺见一轮红日跃升，
像东天蓝壁上绽开一座
顶天立地红色大圆门。
四周红光喷喷，
穹宇红云，
热浪照人。
海水殷红抖抖，

耀眼流金。
鱼虾在金子海中跳蹦，
都变成金身、银身、红身，
刹那间，
犹如进入金灿的神境，
犹如进入光耀的神境，
奇幻无比的海中神境。
乌布西奔一夜无眠，
黎明时，东海染红，
她跪向东海，
迎接太阳神的光临。
太阳神啊，我是你的女儿，
我要拜寻辉煌的圣宫，
请助佑我，庇护我，
我如何能找见你腾升之域，
叩瞻你赤诚的圣容。
这时，众侍人也都跪地祈请，
突现海中巨浪掀起，
十余丈的水柱高擎，
跃出一支庞然如舟的灰鲸，
跃出一支巨涌如云的银鲸，
海鸥飞翔中，
头顶一群白天鹅飞鸣，
像一字排开的箭，
翼飞向东，
清脆悦耳的鸣叫声，
好像吟咏：
不怕云雾，不怕渺茫，
何惧风暴，何惧长程，
走啊走，走啊走，
姊妹们，
向着太阳的故乡，
飞呀飞，飞呀飞，

姊妹们，
向着太阳的怀抱。
天鹅在鸣唱中，
钻入大海的雾霭重云，
欢笑歌声仍依稀可闻。
海神的启示，
给乌布西奔无穷力量。
海阔张重锁，
欲囚水宫灵。
巨鲸敢问勇，
触浪求畅生。
乌布西奔坚毅倔强，
征海主张眼亮心明。
四十五载非凡风云，
女罕沥血呕心。
北起都沐肯南下老苏仓，
锡霍特阿林千里绵亘，
黄獐子窝稽百里海滨，
乌苏里毕拉众源，
乌布逊爱曼周邻，
七百嘎珊拧股绳，
没有了血泪，
没有了纷争，
窖满仓盈，
幸福安宁，
众部诚服兄弟亲。
十载梦寐寻古训，
唯有夙愿催践行。
开天创世传古话，
东海深藏宿日宫。
晨曦送日雅克坤，
暮霭迎日多克锦。
主宰明暗寒与暖，

升落凭由两女神。
勤恳无误成天秩，
朝夕复始万代功。
萨满古话是假是真？
东海何处是日宫？
有志者事竟成，
凡事必要亲身弄清。
族众已多遭海困，
有苦应该自己亲尝。
应该亲自远涉，
有难自己担承。
寻找太阳神出升圣土，
追踪太阳神的光脚，
愧感重任维艰。
东海广布萨满心，
恤爱友邻，
八方知音，
仁厚共荣，
广结海内乌布林。
于是，乌布西奔女罕，
选择了第二年六月初夏，
正是海中大蟹肥的时节，
正是海中大马哈要洄游的时节，
正是海中群鲸寻偶的时节，
正是海中神龟怀卵的时节，
正是山中紫貂交配的时节，
正是山中熊罴爱恋的时节，
正是山中梅鹿茸熟的时节，
正是花木快进入成熟丰满好时节，
鞑靼寒流南下海水不冷不温，
岩杵暖流北上海水不猛不涌，
风浪再狂，海中生存最佳时分，
乌布西奔女罕，

为广谕东海，
以自创凿木刻记法传令。
凡事小刻记浅纹，
凡事大刻记深纹。
事事各有刻记符标，
愚氓野民睹板悉明。
相隔遥遥，
递捷迅迅。
诸岛传刻板以达情理，
海内生民心心相通。
乌布西奔女罕，
延请法吉妈妈等元勋首领，
延请扶尼、窝尔浑众岛首领，
商询出海良谋。
法吉妈妈等详陈利弊，
苦劝女罕，众议不允：
乌布西奔病身不宜海程，
乌布林大槽筏不经浪冲，
世世年年舟筏寻日葬海，
万顷东波何地太阳宫？
女罕难服众劝，锐意东行，
乌布林留下了永久的悲痛。

德乌勒勒，哲乌勒勒，
哲咧哩，哲耶！
谁知乌布林第五次出海，
英明罕将投入海的怀襟，
海神神母要接走乌布西奔。
太阳收留了女罕，
乌布林将没有了——
一心为众的英明罕。
喜歌，战歌，
哀歌，悲歌，

音卡汉彻克姆阿尼牙，
乌布西奔女罕五十年。
乌布西奔整修毕征帆，
管校仍派达塔龙和嘎憨，
规制随人一应如前。
时在大雁南归的秋天，
百鼓轰响中槽船队扬帆，
乌布逊众部齐聚海岸，
拜祝女罕航海吉祥，
凯歌早传。
蒙德里给奥姆妈妈庇护，
槽船队北上迅经伊曼上源流瀑、
苦兀、鞑靼，北溟劳坎……[1]
达塔龙日日敬察
雅克坤、多克锦两神，
迎送日神的时辰，
禀告太阳入海点。
女罕命侍人，
均一一刻板记绘，
一路图木积存如山。
亘古寒海无人迹，
乌布逊祭鼓乌春，
今朝北海频传，
朝夕忙碌，从不偷闲。
槽船近抵北海，
浮冰片片，
冰源劲风彻骨寒。
女罕侍女相陪，
高踞槽楼数日不眨眼，
与达塔龙、嘎憨细磋

① 伊曼、苦兀、鞑靼、劳坎，皆乌布西奔航海北上途经之地。劳坎相传为堪察加东海岸一岛屿名。

海情、航向、星象龛。
女罕兴高采烈临高眺望东海，
太阳升起，冰上白熊披红衫。
乌布西奔招手问安：
“活绰勒付啊，沙音，沙音！[①]”
她突然重病，昏厥软瘫，
倒卧舱楼，吁喘流涎。
达塔龙和嘎憨众人，
忙将女罕抬上皮榻，
让女罕得到静养。
个个急得手足无措，
都为女罕安危心担。
特尔沁，特尔滨，
都尔芹，都尔根，
都是女罕身随有年的心上侍人，
都是她亲口传授的得意萨满。
都尔根为受东征之命，
丧于海涛；
都尔芹因扶助乌布勒恩小女罕，
留在乌布林。
长睡远洋的琪尔扬考，
更让女罕肠断肺腑的至亲人。
特尔沁，特尔滨，
被准允随女罕远征。
她们最知女罕的祈愿，
她们最疼女罕的甘辛，
她们最敬女罕的意志
她们最解女罕的心声，
时时处处与女罕同卧同眠，
同行同步，
瞬刻不分。

① 本句译为汉语：“俊美的熊呵，好呵，好！”

故而，最得女罕疼爱赏识，
是女罕日夜难离的谋士辅臣。
她们深解女罕东征苦心，
乌布西奔女罕，
日夜苦思，寻求太阳之所，
希图将圣光洒向遥远的族众。
处处都像乌布林一般安宁平定，
寻找天下谙达，
寻找同一太阳下的姊妹弟兄。
要征服大海，
探索海的万顷之谜，
要依舜莫林太阳升落途径，
期望晚年在海的深处，
留有自己的足印。
她有问天的抱负，
她有宇宙的胸襟，
为寻太阳神留去所终，
不顾身染重疾，
率众徒涉险而进，
踏遍外海三千里，
见过鱼群八百种，
见过东海火山口数耸[1]，
见过山野屿鬼跪裸亲。
乌布逊声名远扬海域，
到处盛传，
乌布西奔妈妈美名。
乌布西奔在楼舱中，
闭眼微吟，
呼叫都尔芹、都尔根，
呼叫特尔沁，特尔滨，

① 在本长诗中，多次唱述火山口，经查阅沿堪察加海域确有多处火山口，可见乌布西奔航海船队已北上的遥远旅途，甚至发现白熊与冰山。相传，为探险寻日出升的船队进入白令海海域，乌布西奔病逝海上。乌布西奔堪称民间口碑长诗中东海最早的一位航海探险者。

呼叫“海宝”琪尔扬考……
特尔沁，特尔滨忙到近前，
女罕睁眼问：
“你们听到鼓响吗？
你们在动神鼓吗？”
特尔沁、特尔滨伏在女罕身上，
热泪滚滚。
身姿修美的乌布西奔女罕，
终日朝朝，勉于政事，长夜不寐，
思虑劬劳，苦度五十个柳绿冰消，
鬓生白发，两眼角老纹横垂。
她有过三个爱男侍奉，
都未能入身而长逝，
孑身一生。
乌布西奔夜梦鼓声，
便召来两名心爱的女徒——
特尔沁、特尔滨，
她们都是盖世萨满，
乌布西奔妈妈的心腹佐臣，
见女罕卧榻喘息，闭目不语，
她俩榻前叩拜，热泪沉沉，
躬听女罕传谕：
“我梦里听到师祖召我，
你们和睦友爱，要携手相亲。
我离去后，你俩同掌乌布逊，
要学乌鸦格格，
为难而死，为难而生，
勿贪勿妒，勿惰勿骄，
部落兴旺，百业昌盛。”
特尔沁不解乌鸦故事，
乌布西奔仰靠虎榻，
闭目讲诵：
“天地初开的时候，

恶魔耶鲁里猖獗寰宇，
风暴、冰河、恶浪弥天，
万物不能活命。
阿布卡赫赫是宇宙万物之母，
将太阳带到大地，
将月光送到宇内，
让身边的众神女捏泥造万物，
让身边的众神女用露气造谷物，
让身边的众神女用岩粉造山川，
让身边的众神女用云水造溪河，
才有了宇宙和世界。
耶鲁里不甘失败，
喷吐冰雪覆盖宇宙，
万物冻僵，遍地冰河流淌。
阿布卡赫赫忠实侍女古尔苔，
受命取太阳光坠落冰山，
千辛万苦钻出冰山，
取回神火温暖了土地。
宇宙复苏，万物生机，
古尔苔神女困在冰山中，
饥饿难耐，误吃耶鲁里吐出的乌草穗，
含恨死去，化作黑鸟，
黑爪、壮嘴、号叫不息，
奋飞世间山寨，巡夜传警，
千年不惰，万年忠职。
我死后——长睡不醒时，
把我放在乌布林毕拉岸边岗巅，
萨满灵魂骨骼不得埋葬，
身下铺满鹿骨鱼血猪牙，
身上盖满神铃珠饰，
头下枕着鱼皮神鼓，
脚下垫着腰铃猬皮。
让晨光、天风、夜星照腐我的躯体，

骨骼自落在乌布逊土地上。
时过百年，山河依样，
乌布逊土地上必生新女。
这是我重返人寰，
萨满神鼓更加激越高亢。”
乌布西奔微声闭目，
眼里热泪流淌腮鬓。
特尔沁、特尔滨，
轻拭着泪痕，
自己双眼的热泪，
早已溶入圣母泪中，
润湿了红绢。
两人苦劝圣母：
“谨请圣母安养，
泪水也伤您珍贵的身躯。”
特尔沁、特尔滨，
求问东海未来的福荫。
圣母停顿良久缓缓而吟：
“这是我萦系多年的要宗，
沧海桑田，安卜前程。
初来乌布逊，
人言传闻，
海盗在东海拣得桦筒神书一束，
为鱼泳网类文字[①]，不可辨认。
海盗追求萨满译言，
多卜来世之隐。
世人众过蚂蛭，
吮血恶劳耶伊勒奔，
尔虞我诈远过古昔耶伊勒奔。
物少人多，争殴难平耶伊勒奔，

① 鱼泳网类文字：指东海女真人古代习用的图形符号，似鱼泳，似网络，多为会意形和拟态形表意符号。

父母礼义不顾耶伊勒奔。
东海与日荒垂，千里迹无人，
明朝东海远非今比。
世道沧桑，
变幻必盛。
今晦明光，
难寻寸踪。
孙祖几世，
永续相谐。
鼓音不晓，
人各双分。
同山两徽①，
尔后自解。
世道若此，
问求何甘。
东海人为，
世宇同勉。
昔明两界，
趣旨安合。”
圣母唱念，
似诲似暗。
特尔沁、特尔滨，
未明其旨，
圣母已然熟睡。
日夜操劳，
三个春秋以来，
重病海上，人事未结，
病体难支，
乌布西奔女罕悲悽长恨。
忽然，

① “鼓音不晓”，古代各部落互以音响传达本意，和谐相处。鼓音不晓，言指世道变幻，互相为政。同山两徽，言指部落争雄。

夜烛下，
五十根鱼油高烛灯下，
吹进一缕微风，
乌布西奔女罕又闭目安睡下来。
特尔沁、特尔滨，
惊恐地忙俯身凝看女罕，
她闭目安歇，脸带笑意，
似乎在与人谈吐心语。
俩人悄悄肃立，
不敢惊动女罕。
命船神速返航，
走出冰原区，
快些往乌布逊海边进发。
海狼们个个汗流浃背，
拼命轻轻划桨，
怕惊动心爱的女罕。
船上飞旋群群白海鸥，
船头哀号，
似乎也为女罕的病危在痛啼，
在向大海倾诉衷情。
海中的巨鲸，
常游出海面，
喷出丈高白水柱。
鱼群也翻飞着跳出海面，
都为女罕哀鸣，祈祝苍宇。
万物啊，
只有一个心意，
留下女罕吧！
她不能离开世间。
东海一刻，
也不能没有女罕的声音笑语；
东海一刻，
也少不了她那奋世的神鼓啊！

船内外跪下了不少随行族人，
低声吟泣，
叩舱有声。
阿布卡赫赫啊，
体察我们赤诚之心吧！
乌布西奔女罕，
恍惚中，似乎飞进大海，
似乎升上了高天，
身体非常轻盈。
夜中，见到了北天达其布离神辰，
又见到星辰化作了一位女神，
她好像本来就非常熟悉的姊妹，
过来，拉起她的手说：
“妹妹，我们接你来了，
你该回家了，回家了！”
乌布西奔女罕轻声说着，
“回家了，回家了”，溘然长眠了。
特尔沁、特尔滨，
听到了“包木得离”[①]的声音，
微弱如蚊声，
女罕不再呼吸，已经安详长逝……
特尔沁、特尔滨，
谨遵女罕意旨，
从乌布西奔英明罕，
枕下取出一块白绢。
英明罕的遗训，
三幅图字跃然绢上；
三图旨意，
清晰可辨：
一图我死后，
你等不要哭恋，

① 包木得离：满语，回家啦。

要像箭一样，
飞速回岸，
不可拖延，
哦哲哲，乌哲哲。

她们泪眼细看女罕手刻另两幅图形字画。

二图我死后，
由特尔沁、特尔滨，
都尔芹、都尔根，
我四位心爱萨满联掌权柄。
都尔根虽逝，
给她这个名分。
你们姊妹三人，
特尔沁、特尔滨、都尔芹，
共谋广远，同心勠力，
情如一人，
哦哲哲，乌哲哲。

三图命尔三人，
务要将我枯朽之身，
安葬阳光普照的东海，
回到我应回的荒尘，
哦哲哲，乌哲哲。

特尔沁、特尔滨，
召来管校达塔龙和嘎憨，
召来众位船达和首领，
哀报女罕长逝，
不许哭叫，
拼力齐心，
迅速返程，
顺利安全地，

将女罕送还
故土乌布逊。
众心如钢，
众志成城。
三十日海程，
十三日抵乌布林。

德乌勒勒，哲乌勒勒，
哲咧哩，哲耶！
早有白鸽传报，
岸边久已等着，
数不尽各部男男女女，
老老少少，
多少乌布西奔妈妈
救治活命的老人、孩子们，
不远百里，数百里，
跋山涉水，
亲来海岸迎接女罕灵寝。
一连几个夜晚白昼，
这里久久伏满泪人，
身披白花，披白皮，
披白羽，披白麻蓑衿，
海岸如山的供果、牺牲，
络绎百里海滨。
哭嚎声，祈告声，吟诵声，
早已淹没海涛声。
天上海鸥飞叫，雁在云中哀鸣，
海风在海上悲号，林莽肃立，松涛呜咽。
东海在哭泣，东海在悲愤，
东海从未有过的哀伤啊，
东海亘古没见过的悲情啊！
人海让出一条道，
特尔沁、特尔滨、船达、首领们，

抬着女罕的卧床，
从人海中通过。
多少人为女罕哭昏了，
多少人为英明罕叩头流血，
多少人为世上最正直、最聪慧的人，
最热爱别人的人，最惦记别人的人，
最有功于东海各部的人，
最有恩于东海众庶的人，
最神圣最富有心怀的大萨满，
乌布西奔女罕，
乌布西奔萨满，
乌布西奔妈妈，
难舍难离，哀声恸地。
妈妈怎舍得抛下儿女，
儿女怎么舍得离开额姆啊！
啊依耶，哦依耶，阿希卡钦！

德乌勒勒，哲乌勒勒，
哲咧哩，哲耶！
正值暮秋，
设地下灵堂，
乌布逊、黄獐子、彻沐肯、辉罕、
珠鲁罕、安查干、外海石窟、
扶尼、窝尔浑……
共祭，
乌布西奔妈妈英魂。
东海远岛众新友新邻，
西邻乌拉部来使陪祭，
南邻索罗阔人来使献祭，
北海冰屋打鲸人亦来祝祭。
乌布西奔英明盖世，
德荫万顷海域，
无不感戴妈妈恩惠之心之果。

众心和睦，
乌布西奔五十春秋经营，
东海没有欺诈、懒怠、凌弱、恃强，
夜不闭户，
日无殴斗，
岛岛相敬，
歌舞融亲。
西邻乌拉部曾来东海，
敬称“君子野人”；
东海远岛毛民来东海，
颂赞“人间神境”。
居久率众归，
称乌布西奔女罕为
“恩都额姆妈妈”[①]。
选酋之举，
各部均遵，
妈妈遗志遗训，
千口一声，奉特尔沁、特尔滨、都尔芹，
为乌布逊首领，
又为九部盟主，
同掌九虎九鹰九云樽。
严按古规，如有相争，
可依陆海竞技神断：
骑仔鲸巡海、潜游、
缚熊、搏虎、戏蟒等，
萨满主秩，诸神主心。
唯按新制——
妈妈遗训不准人殉。
特刻制九小男，裸体露阳物，
特刻制九小熊，裸体露阳物，
木刻小男、小熊偶体，

① 恩都额姆妈妈：即恩都力额姆妈妈，神母妈妈。

三人乘筏送归大海，
祈求多赐壮男乌布逊。
女罕望日楼神殿三女主坛，
然后，宣告三女罕主政。
三女罕大萨满弑三鲸，
亲燃九九松堆篝火，
众部砺额血抹身劲舞，
搂抱女罕拟柱游海放歌乌春[①]。
葬女罕大哀时节，
九百隆隆拜鼓震天起，
鼠星[②]报晨黎明前，
红日——德里给奥姆妈妈还未命
东海送日女神捧出太阳，
海葬礼仪开始了！
九株红松连成的长筏漂躺海边，
妈妈遗体安卧在葬筏上，
身披海象皮——在海中长眠不知寒冷，
身披海蟒皮——在海中行走快捷如飞，
身披鱼睛珠百颗——在海中
暗海变为光明海，照穿万里远，
身披鲸鱼皮——在海中
有威武盖世的神鲸护卫，魔鬼不敢欺。

鼓有渔鼓、虎皮鼓、豹皮鼓、岩羊皮鼓、鲸皮鼓、蛇皮鼓、海豹皮鼓、枯木大鼓、石板大鼓。在大鼓、小鼓、颈鼓、手鼓、腕鼓、千面鼓声震响中，点燃松脂、鱼脂、兽脂、蟒脂的油盆。

清香的温嘎烟腾空，
山中万朵鲜花，
山中百只雀雉，

① 东海女真人古祭葬俗，镌刻亡者望柱，望柱并刻记亡者勋业，葬后焚化，或耸立永祀。
② 鼠星：满语“兴恶里乌西哈”，为计时星。

山中百类鲜果，
山中百样香草，
罗列妈妈安卧的长筏四周供筏上，
像花山、果山、鸟山、香草山，
紧偎着妈妈，
妈妈闭目安歇，
还在为部族明天苦心冥思……
一声声骨板，
一阵阵皮鼓，
一片片哀号，
一层层浪波涛涌，
特尔沁第一次，
穿上了妈妈的征海神服；
特尔滨第一次，
穿上了妈妈的报祭神服；
都尔芹第一次，
敲响了妈妈爱用的，
九铃九鸟九金环的海豹皮、鲸鱼鼓圈的椭圆大鼓，
鼓上绘着妈妈亲笔画的，
德里给奥姆妈妈神容的鼓。
这是妈妈临终前，
授意她们三人：
“勤恳无私为族效力，不可松怠，有违我心。”
族众跪在海滩、海水里、海岛上，
向妈妈拜别、泪别——人众层层，无边无际，
海浪汹涌，不少送别的人，
互相搂抱着，跪在海中，
只见浪涛中哭喊着的众头，
只见浪涛中摇摆着的双手，
一阵鼓，
长筏离岸。
二阵鼓，
长筏进入深海，鲜花供果撒进海面。

三阵鼓，
长筏远入内海。
岸上鼓、筏上鼓、山上鼓、陪舟三百面鼓，
震撼四野海面，惊心动魄，
这是神的脚步，妈妈的步履，海涛般的脚步啊！
突然四阵鼓，
从筏上传来。
四周拜鼓也跟着敲响，
这是送妈妈回海宫的送神鼓响。
妈妈从葬筏抬下来，
葬筏四周巨石捆绑。
槽形榻是石盒雕成，
妈妈葬眠槽中，
有盖石、鲜花、供果，
在鼓乐声中跪送海洋，迅速沉入深海。
妈妈，万寿，万寿，
妈妈，我们跪叩，一路安宁——
妈妈离——妈妈离——妈妈离——

特尔沁、特尔滨、都尔芹和众送葬人哭昏在筏上，头磕流血。都尔芹水性好，潜游下海，不少人也潜游下海，陪送妈妈槽棺入海，然后才慢慢地一个个又回到长筏。

在五阵鼓中，
众海葬筏返航。
特尔沁、特尔滨、都尔芹敲响神鼓，
唱送神曲、
招魂曲、
安葬曲。
热泪中，三人昏倒在筏上，
众助神人跪下，击鼓助唱，
半晌，三人醒来，
重敲神鼓，

木筏缓靠海岸。
按祭俗，木筏在海滩火化，
海祭人同眠海滨，
燔烤牺牲，守夜祭神。
特尔沁三人夜深还要
击鼓七唱招魂、安魂神歌。
族众伴唱伴舞，
一连三个日夜，
吃住海滩，
海葬才圆满告终。

第八章　德烟阿林不息的鲸鼓声

德乌勒勒，哲乌勒勒，
哲咧哩，哲耶！
特尔沁三姊妹，
在昏迷中都见到了
乌布西奔妈妈。
她在德里给奥姆妈妈身边，
是德里给奥姆妈妈，
接她回到太阳的故乡。
将来她还要重返星空，
塔其布离星辰，
便是妈妈的神容。
她是勤劳的人，
每晚她都要出来，
为世人指点方向和时辰。
特尔沁、特尔滨、都尔芹三女酋，
送走了英明罕——
乌布西奔妈妈，
夜夜总是梦见妈妈的笑容，
日日总是听到妈妈的慈音，
不约而同地提出：
与部族商议，
为妈妈立碑亭、碑楼，
永世传诵妈妈伟绩。
她们在神的授意下，
忽然启迪聪慧之海，

应该用妈妈传授的画图符号
——东海绘形字，
铭刻妈妈之事，
让子孙代代，
永记妈妈，
千古不忘。
于是，她们密议计谋，
密选山地洞穴——德烟阿林密穴，
将妈妈的故事，用图符记述，
铭刻在锡霍特阿林的洞窟里，
年年祀祭，代代香烟缭绕。
经过五个冬春，日夜不辍，矢志不移，
特尔滨、都尔芹劳累过度，
相继病死在洞窟边，埋在小白桦树下。
特尔沁终于完成夙愿，已长发披肩如稀雪，
返回故乡，驼背躬腰，精编万句长经，
依图颂唱，数年后亦与世长辞。
特尔沁、特尔滨的弟子们，
秉承师训，拜祭德烟阿林，
年年盛祭不衰……
时经百代，
光阴荏苒，
桑田沧海，
江河依旧。
人们常常听到锡霍特阿林的鼓声，
人们常常闻到锡霍特阿林的香烟，
一绺绺进山人，
供果鹿驮、马拉，
走出曲曲弯弯林间小路。
然后，又经十数年，
物换星移，
江山易主，
欢乐、喧闹的群山，

久已沉寂无声，
长鼓已经是古昔的回忆。
不息的鼓声，
开始响遍四野林海。
海翠乌采石的路啊，多么漫长！
林冠雀絮巢的山巅啊，多么高峻！
海鸥寻食的乌布林霍道，
多么宽阔！
窝稽熊群争摘紫葡萄的德烟阿林，
多么幽深！
这是彩云朝朝环绕的吉地巴那，
这是月光夜夜抚爱的宝山阿林，
这是日光世代照耀的智慧圣土，
这是乌布逊子孙永远装在心灵的沃壤。
在海中太阳从海中跃起，
光芒会直射德烟山顶。

德烟山是锡霍特山脉第九个儿子，嗄尔玛、德彼利、胡忻、壹鲁、鲁尔布、努茶、拜钦、多辟、德烟，属德烟居中。

它是锡霍特最骄傲的翠带，
九水、七峰、桦林玉带像云飘柔，
是锡霍特绿袍中的金珠，
富有的东海宝库。
德烟阿林，神秘又神秘，
吉清洼勒给逊[①]是位勇猛的卫士，
形影不离地守在东天脚下。
这是葡萄的林园，
这是山桃花水的海洋，
为德烟千年贡上供果……
都鲁坎毕拉像奔驰的青马，

① 吉清洼勒给逊：东海人相传是位记忆神，永驻德烟山中，护卫传讲着大山的史话。

长鬃飘抖，万夫难挡，
咆哮着从西山冲来，
百里外就可震耳欲聋。
宽广的山泉水，
清澈得可数见小虾、河蟹、鱼蛙。
数百年来，
先人敬慕都鲁坎玛发恩都力[①]，
锡霍特阿林的宝门，
唯有都鲁坎把守进山的宝匙，
绵延的海岸高陡，
峭壁如刃，
巍峨冲天。
只有海鸥与苍鹰，
在云中长鸣，自由往来。
都鲁坎毕拉是神赐的玉带，
飞进弯弯百转的密崖；
都鲁坎毕拉是神造的水桥，
遮天蔽日的林莽，无边无尽。
三十天渡舟日，
可直抵都鲁坎山口。
山口两壁有泉水三股，
溶成长长的翻滚溪流，
这就是水桥玉带的尽头。
从远处就可以见到，
迎迓朝拜者的鲁尔布阿林，
头在云间，
高戴云冠，
左右就是兄弟山，
懿鲁和拜坎，护卫两肩。
山中喜燕——白脖绿翅，长鸣不止，

① 都鲁坎玛发恩都力：东海人相传为山门神。其实，它是德烟山中一条溪流，护卫着德烟山麓，当地群众将它喻为护山之神。

它就是德烟阿林玛发的引路神。
追寻喜燕的飞踪，
可拜谒德烟阿林的容颜。
德烟阿林白雾蒙蒙，
山顶遍山绿苔、青松、古槐。
沟沟白桦如银海，
山腰红茫茫槐椴擎天。
德烟阿林相传神窟大小五幢，
小者万蛇窟，
大者栖麋鹿，
大洞终年蝙蝠鸣喧，幽深难测，
只闻声，则难入其间。
高洞九门，巨石缝隙难觅，
峭壁似人为，侧身难入，
却常见神鹿之踪。
洞隙，寒气袭人，
可举篝火，烟自外出。
知其窍，神工筑就，
远望，苍山翠海，
最捷迅的岩羊，
山岸纵跃如平川。
人难辨洞窟奥秘，
深深，深几何。
神母神居，
非常人可临其榻。
然而，却可常听到，
洞窟夜有鼓声。
鼓声，传自何山何谷何窟，
夜，只闻其声，不详其地。
德烟阿林不息的鲸鼓，
世世传遍在锡霍特阿林……
锡霍特阿林那丹格格山尖，咳伊耶，
燃起七堆彻夜不灭的篝火，伊耶，伊耶，嗨伊耶，

这是德里给妈妈的火呀，嗨耶，
这是拖洼依女神的火呀，嗨耶，
这是突姆离石头的火呀，嗨耶，
这是卧勒多星神的火呀，嗨耶，
这是巴那吉胸膛的火呀，嗨耶，
这是额顿吉天风的火呀，嗨耶，
这是顺格赫永生的火呀，嗨耶，①
嗨耶，嗨耶，冰雪里生儿育女，
嗨耶，嗨耶，地穴里活过白头，
嗨耶，嗨耶，雾浪里看穿阔海，
烧吧，烧吧，嗨伊耶，
魔鬼逃窜，无影无踪。
烧吧，烧吧，嗨伊耶，
东海兴旺，福寿齐昌。
火啊，母亲的火，恩惠的火，
慈祥的火，哺乳的火，
伊耶，伊耶，嗨伊耶，
火是闪着来，
火是笑着来，
火是蹦着来，
火是树上来，
火是雨里来，
火是雷里来，
火是风里来，
火是火中来，
火啊，烧吧，烧吧，伊耶伊，
烧尽污秽尘埃，
烧尽胆缩心惊，
烧尽卑贱低能，
烧尽猜忌贪惰，

① 拖洼依女神，火神；突姆离石头，“天宫大战”创世神话中的神威火石；额顿吉天风，风神；顺格赫，日神又一尊称。

乌布逊迎来红光普照，
东海崭新的天地。
阿布卡赫赫的恩泽，
大无畏东海擎天的人。

第九章 尾 歌

德乌勒勒，哲乌勒勒，
德乌咧哩，哲咧！
巴那衣舜奥莫罗，
巴那衣舜奥莫罗，
沃拉顿恩哥，沃拉顿恩哥，
恩都里嘎思哈沃拉顿恩比，
恩都里嘎思哈沃拉顿恩比，
沙音沃尔顿，
沃尔顿巴那，
乌布西奔妈妈布离。

附录一　汉字标音满语唱本《洞窟乌春》

一九八三年秋，富育光在珲春县民族文化考察时，在板石乡满族关姓家族中征集到该家族传留的一本汉字标音满语唱本《洞窟乌春》，其内容便是《乌布西奔妈妈》长诗部分诗文，此为唱本前几页复印件。

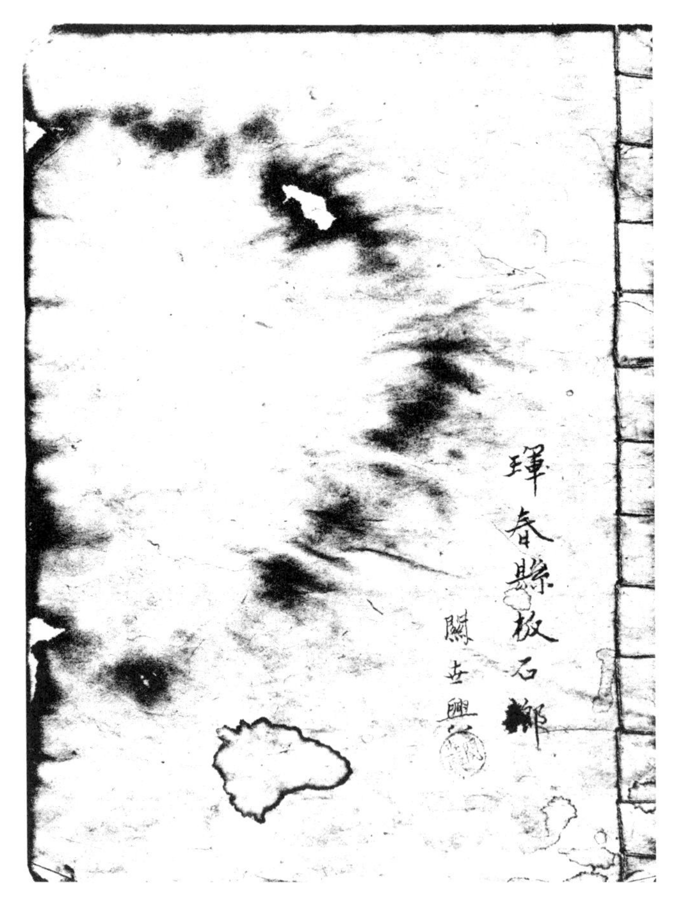

德烏勒勒 哲烏勒勒德烏咧哩 烏哲咧 巴那吉彛窝
莫洛 巴那吉彛窝莫洛德頓思德頓思 思都哩嘎哈德頓
思比 思都哩嘎哈 德頓思比珊迮窝爾頓 德頓巴那比 烏布
西犇媽媽布米德烏勒勒 哲烏勒勒 德烏咧哩 哲咧格勒
嘎思哈 德勒給莫德利 德勒菲蹤魁 納木勒莫雞衣德
泊勒莫佛思卡霍春 嗱嗱哩莫德利超妞渾 艾新朱巴
剡德勒德泊腐埶妹格勒莫霍達衣德勒冬庫裏巴出熱佛
熱格色烏西哈 比亞德勒 突給衣 莫德利紐倫布拉春比勒
泰沃索莫烏木西奔媽媽 白搭烏木西奔媽媽 給蘇勒勒烏木
西犇媽媽 泊特勒渴烏木西奔媽媽莫勒根烏拉布蘇烏
西哈比亞格木突給衣 莫德利紐渾烏朱沃莫 比尼瑪哈
蘇嗱衣思都哩通肯菲特痕比古魯古黑勒恩魁 依其瓦
西渾阿思罕汪勒給思蘇敏莫德裏芒滚布勒夫勒給熱
魁 布勒德思比 阿布凱格赫巴尼勒魁 烏春布哈 米尼

尅色陳 德勒給沃莫布哈 米尼尅阿庫 瓦里羅順巴納
給 額莫布哈 烏木林畢拉 米勒革赫色嘎畏罕米薄論尼
莫嗱勒哈 艾曼搭魯 薄米能莫依林扎拉庫 沙延梅革衣
嘎畏哈 阿布卡 阿布卡赫色薄出嫩哈 拉布都嘎斯哈 得爾
給 莫得裏 得勒菲色尅 那瑪拉莫 焦得焰勒恩佛申
浩吞嗱嗱裏 莫得裏超革昆 愛新 米布尅衣得勒特
布利耶莫 拉布都阿林得勒洄古 ×希布蘇因沸耶菲新
烏西哈 畢亞得勒突給衣 莫德裏紐沓布拉春 畢拉莫
丕索莫 烏木林畢拉窩其 阿布卡赫衣 古郭澤 沙延突
突給衣 夫裏甘扎尅珊阿布卡則陳 德热莫 德焰西莫 沙尼
雅哈 色尅法吉蘭 烏拉達林額勒刻 明安瑋克申濃額 給納
法吉蘭 布占烏蘭多羅 唐古瑋克申蒙滚依拉哈 德額刷延
莫林瓦能 吉裏崮 烏拉達林 達心哈 刷延莫林果勒敏德倫
突給莫德力 烏魯拉德哈 烏布遊噶珊果勒敏沙尼雅哈

舞衣 額勒痕克 妞昏阿布卡 尅西伏勒渾 那丹唐古扈倫
阿卡勒庫比莫卡洒勒庫 衣音特哈 珠魯罕扈倫 德裏給
德比 阿布卡菲則勒給 烏布遜扈倫阿瑪勒給 倭赫澀拉敏
阿顛搭庫勒沙哈 唐古古魯古 烏卡莫菲尅希哈 喝勒痕喝
勒門西勒尅克赫色 衣揚嘎阿昆莫巴哈納拉庫喝突拉思哈 果勒敏妞
倫烏木德勒德赫色 話給比乾普春庫 突給比乾 壹拉阿庫赫色
阿沙沙哈灣特昌佛則勒赫色妞渾圖門巴布特思阿庫比思
都裏額姆 奧濯德額爾根布哈比額爾根 濃給托色裏格木
烏春給孫勒了 烏布西奔媽媽思都裏烏勒本衣 伏尅金烏
春給孫勒勒阿布凱額姆妻尼雅瑪 圖門尼雅瑪額爾根 德裏
給莫德力 給勒搭裏 紐包裏西尅澀 烏春給孫 勒拉庫 比尼
瑪哈蘇庫衣思都裏通肯 菲特痕姆比 古魯古給退衣 衣莫
衣窩西渾 阿思罕 烏爾肯尅音 蘇敏莫德利 蒙温布勒
思 古魯莫渾勒給任刻 希爾德姆比 米尼尅阿布卡赫赫奔哈

附录二 《乌布西奔妈妈》满语采记稿

自二十世纪七十年代至八十年代期间，为细致调查《乌布西奔妈妈》传承情况，多次赴乌苏里江、瑚布图河村屯以及珲春等地，访问当地各族群众。这便是当年调查记录、满语译文、满语讲述汉字录记稿以及地理图绘等部分原始资料。

《乌布西奔妈妈》
满语采记稿

富育光

一九八八年二月十五日

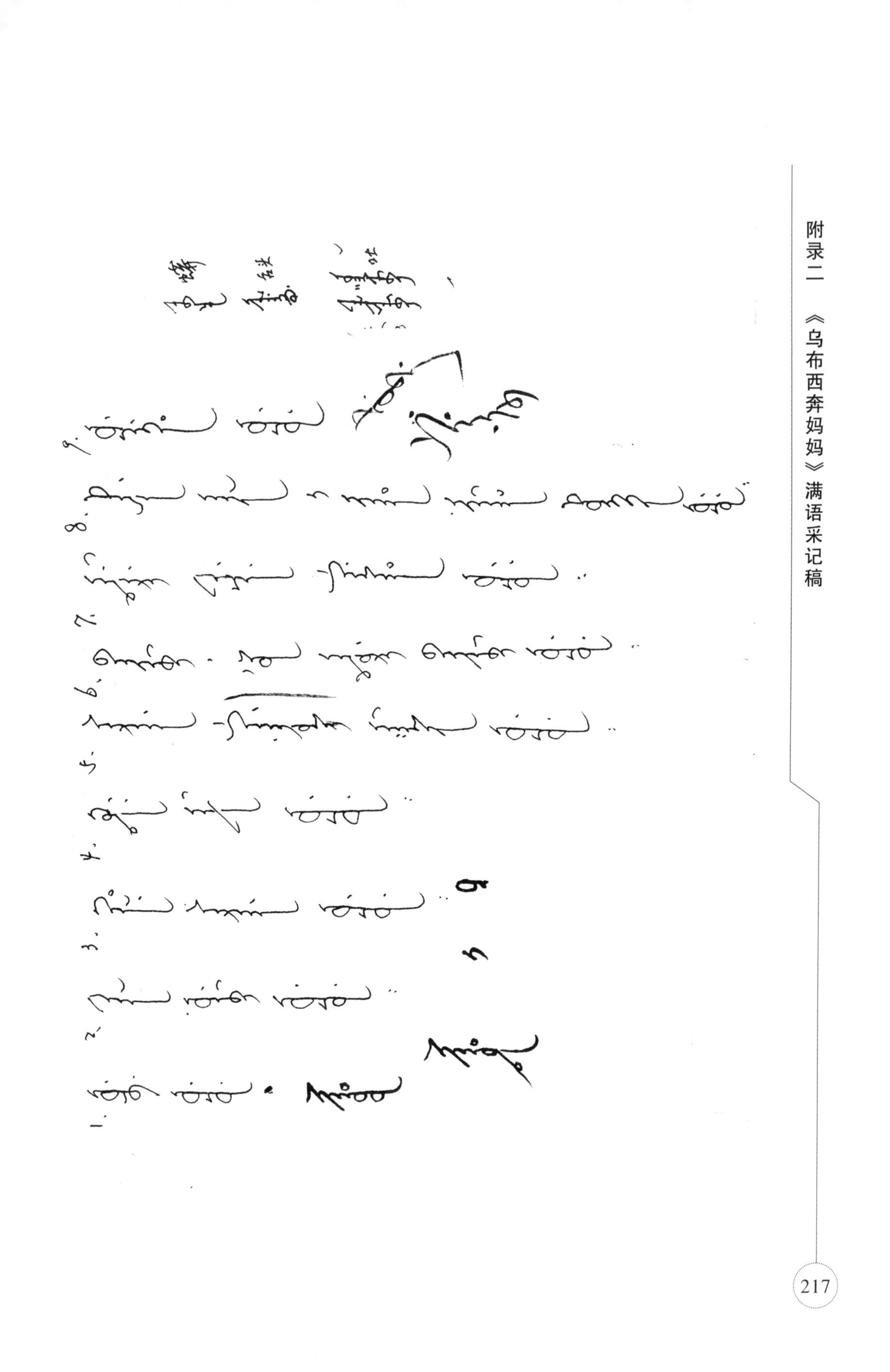

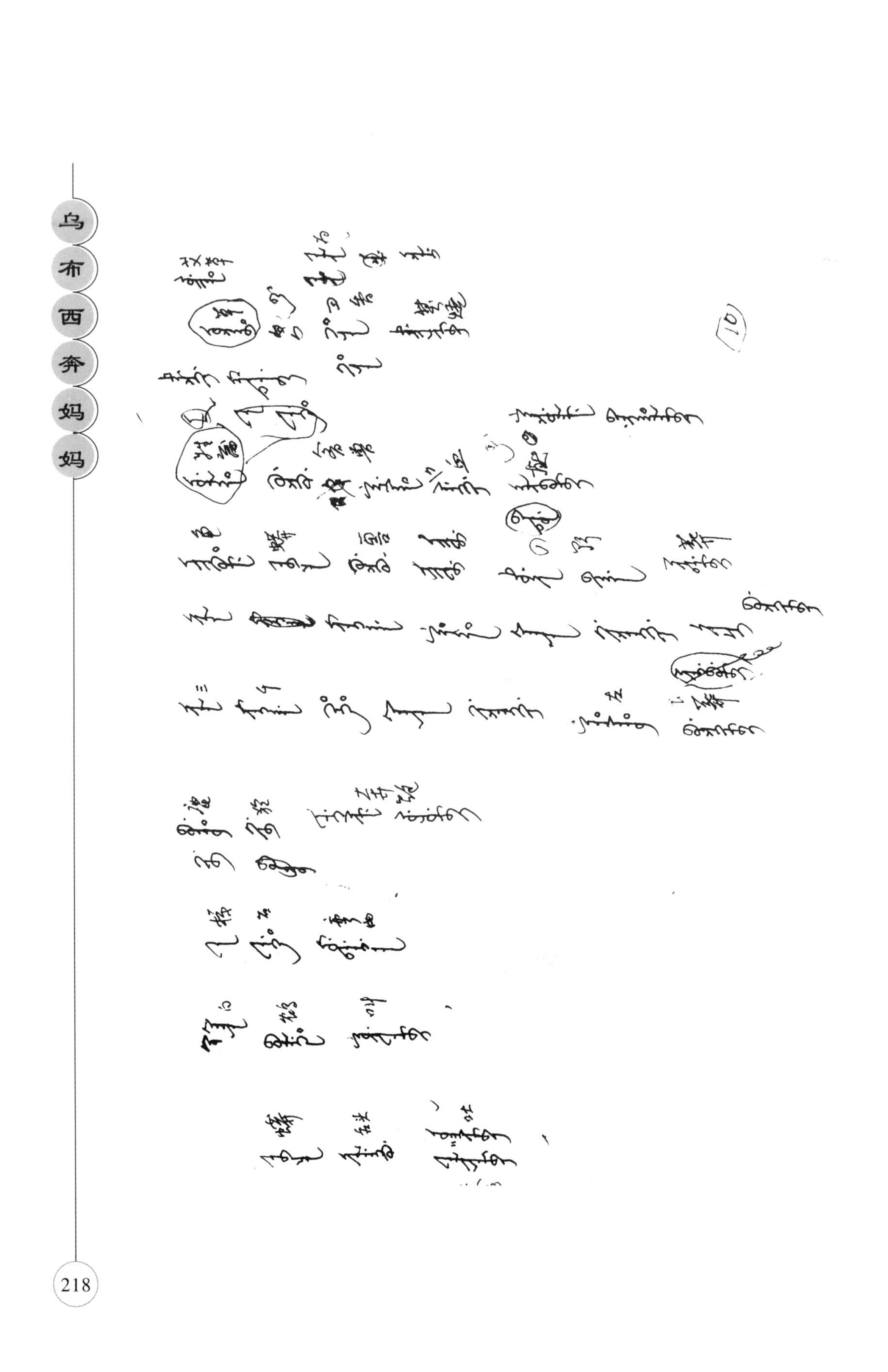

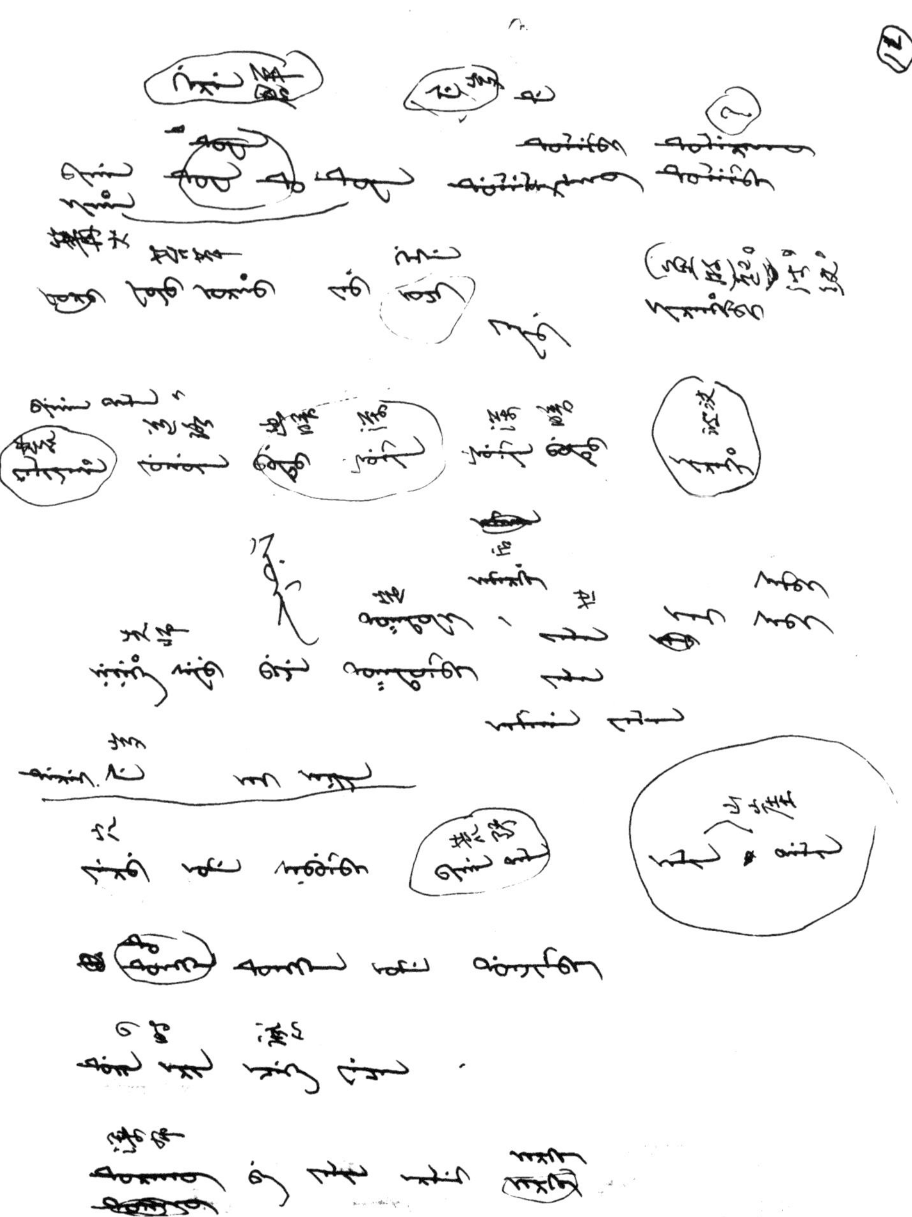

附页：

富育光同志于二十世纪七十年代，访问鲁连坤先生，现场聆听讲述时速记下来的满语音稿，返长后誊字保留下来。此为复印后的其中部分手稿。所用汉字标音字，经鲁老先生过目和改正。

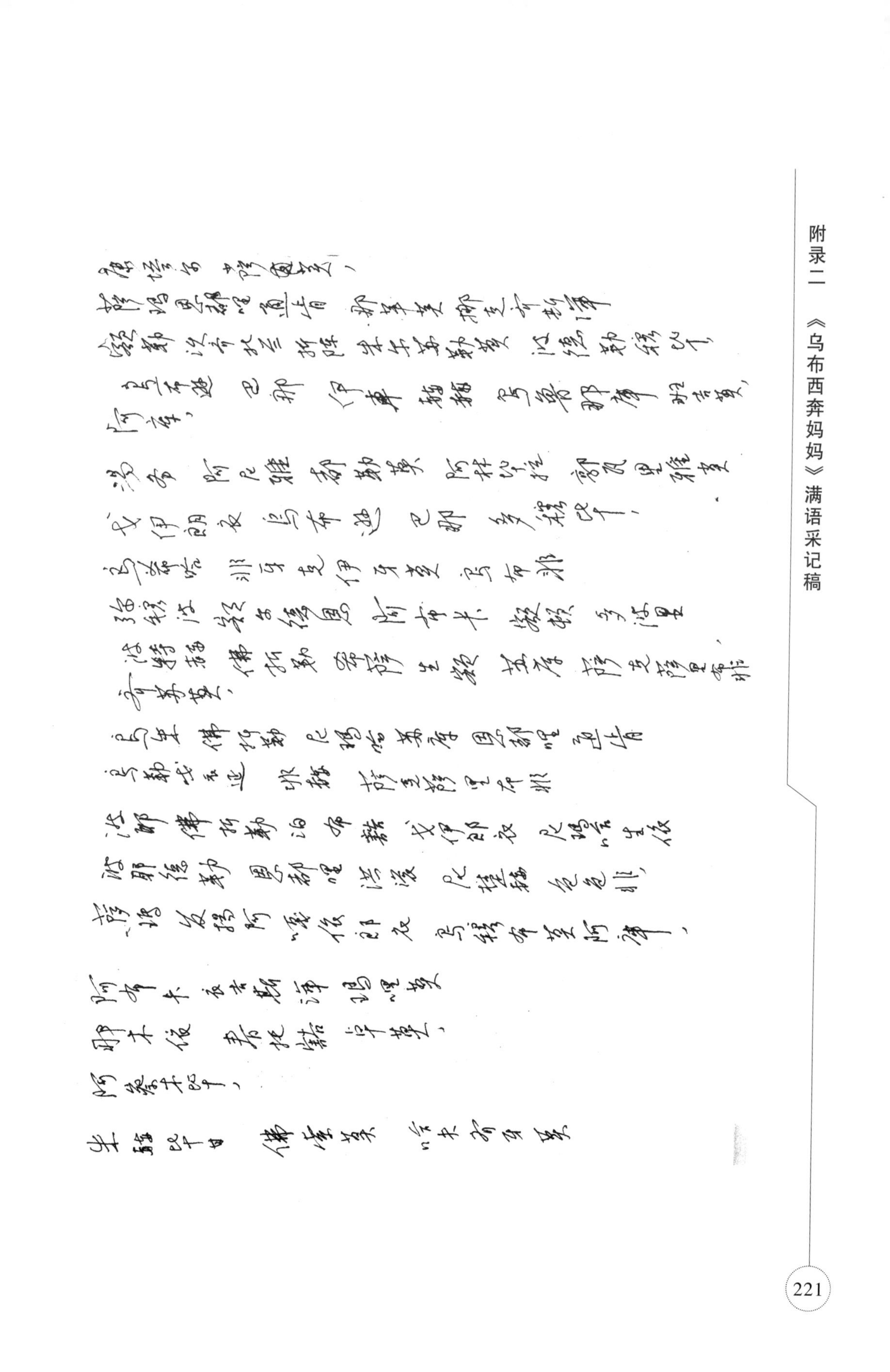

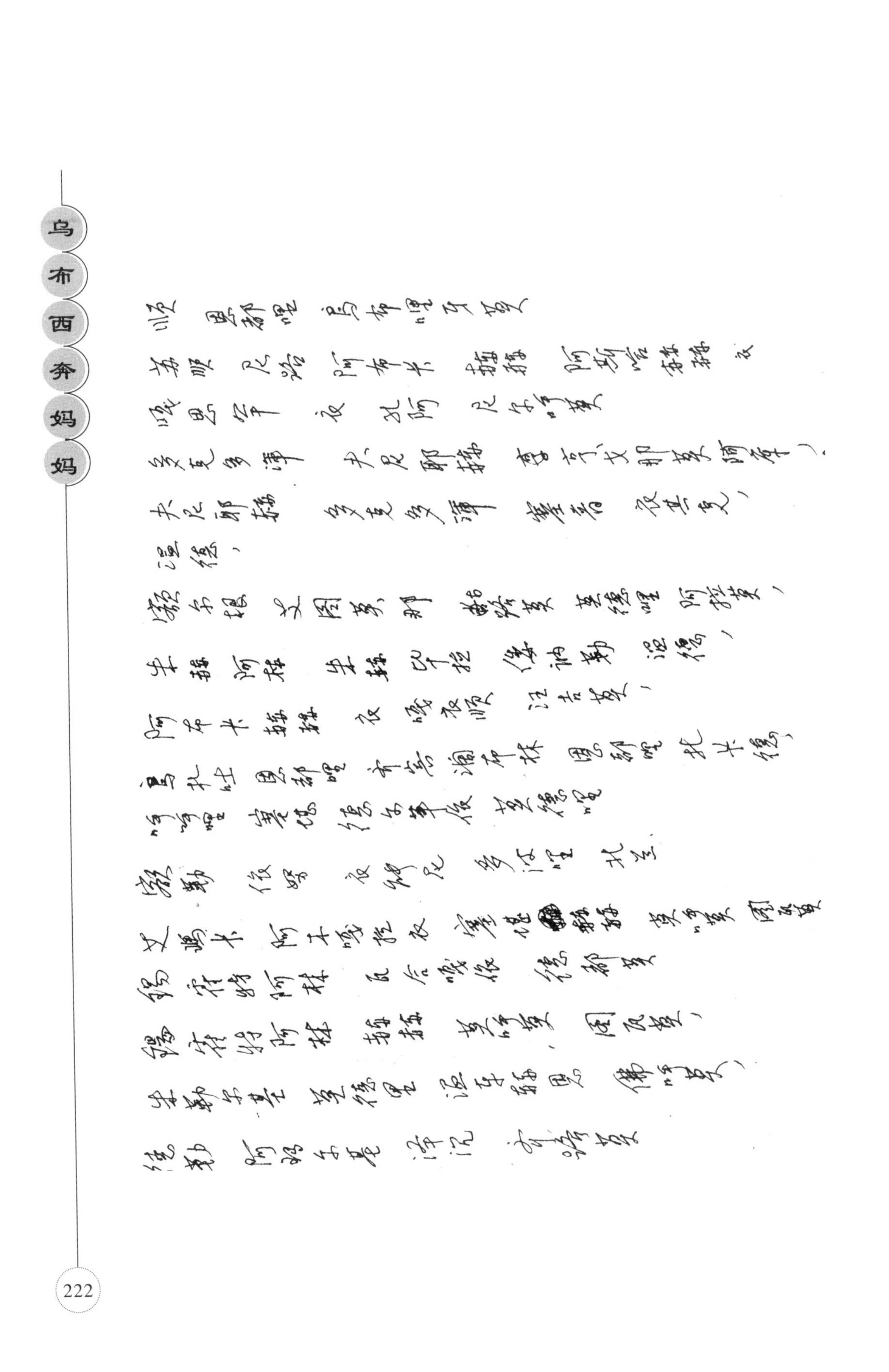

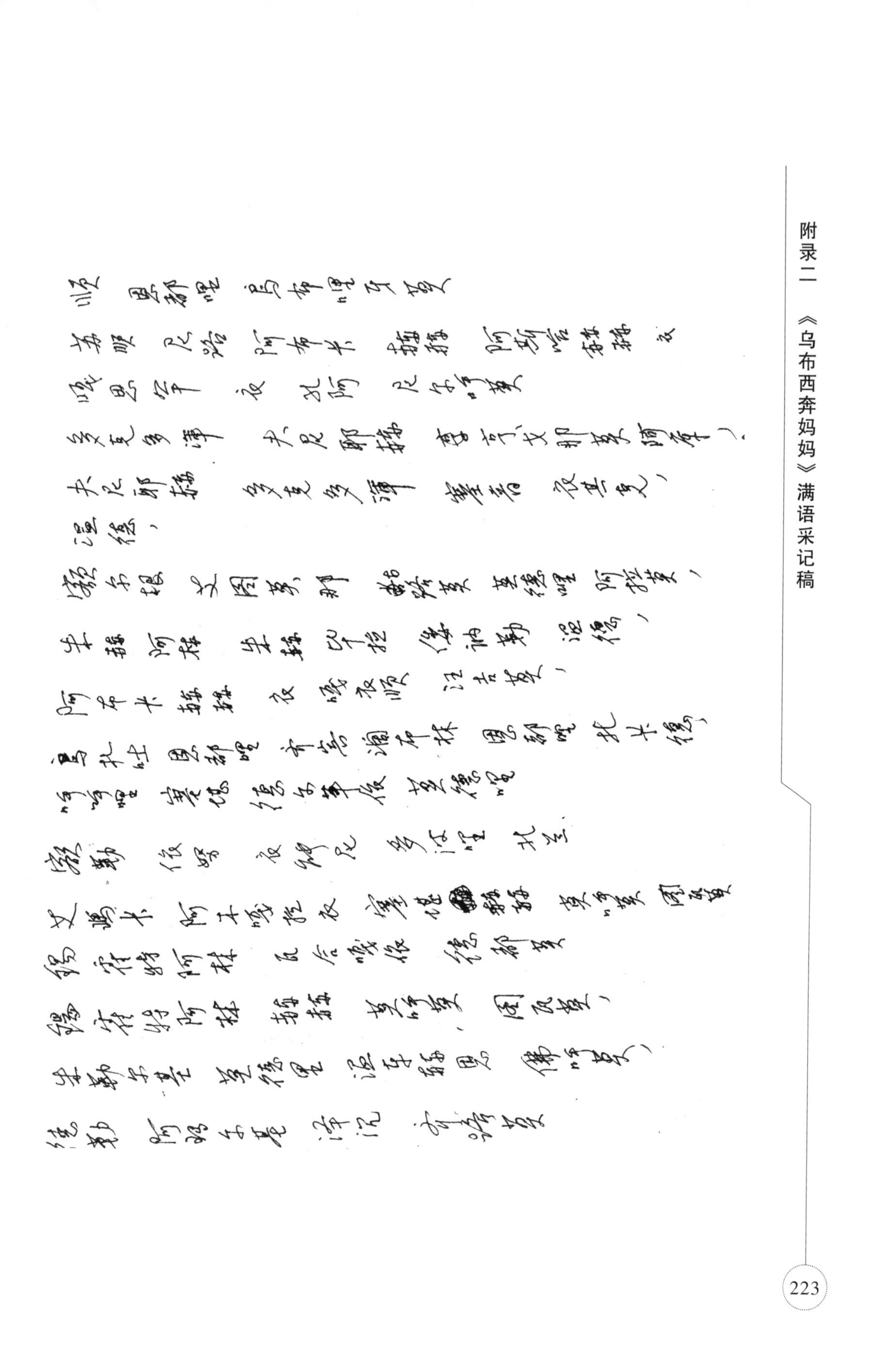

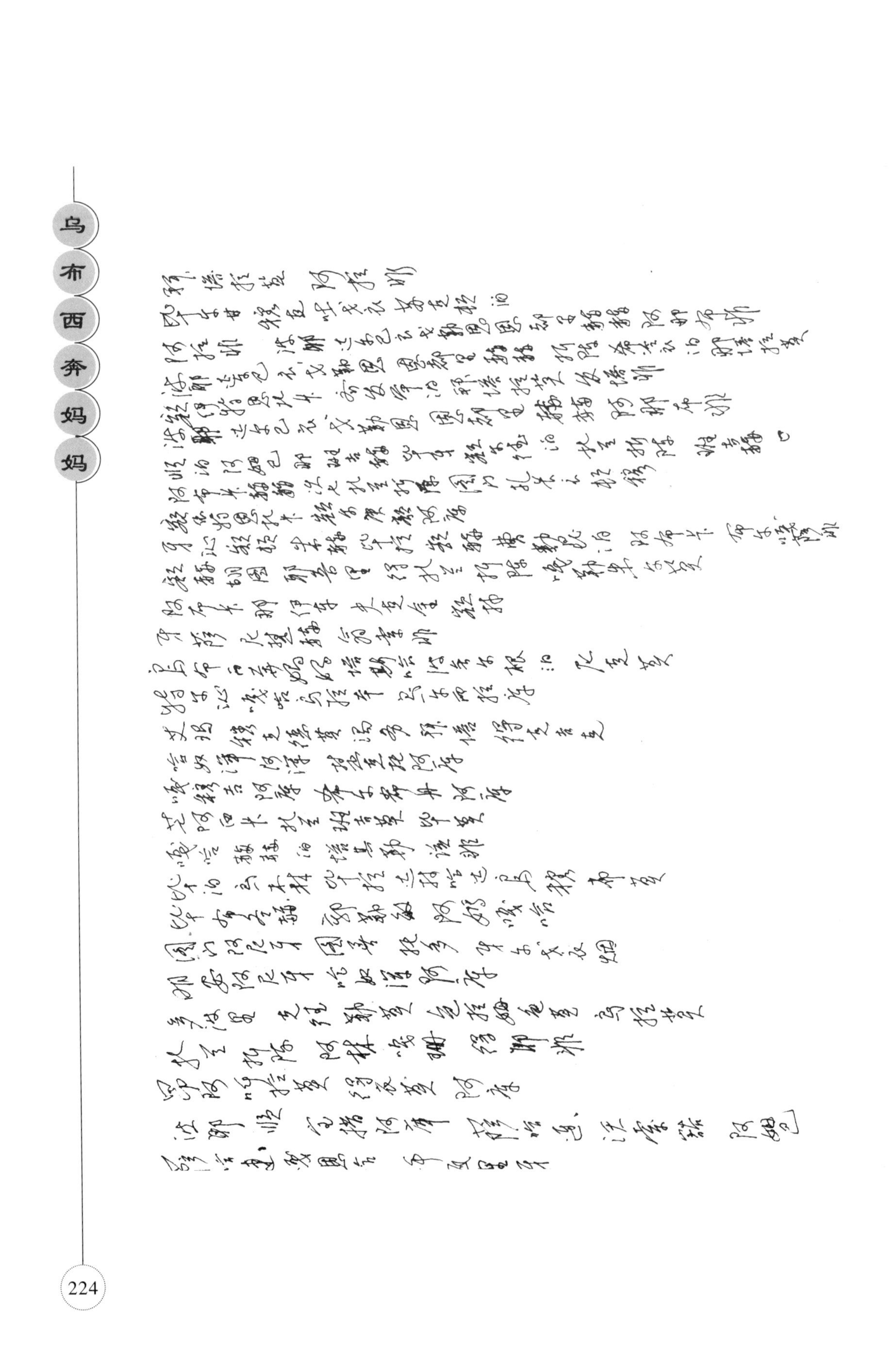

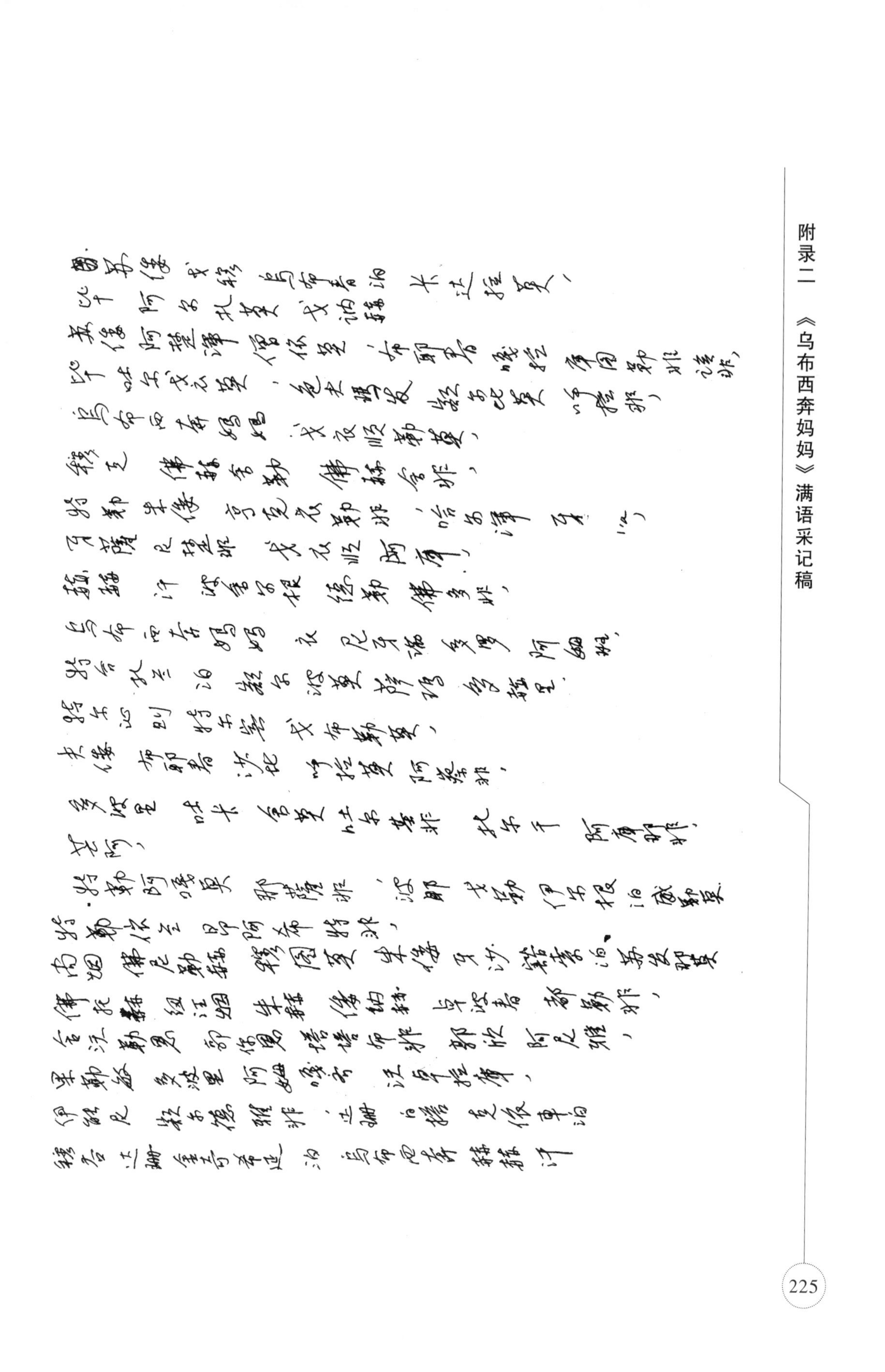

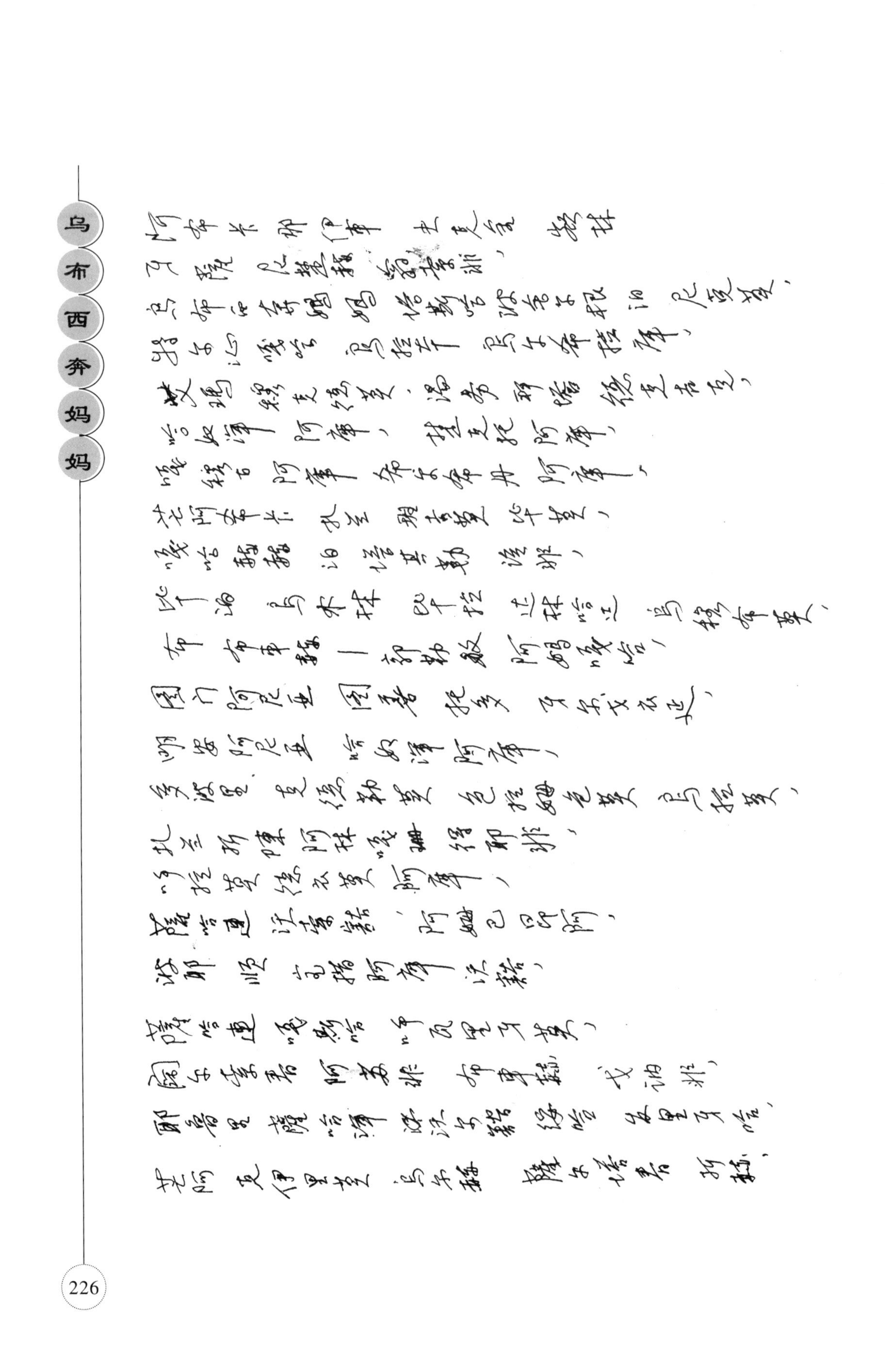

阿布卡 毅芙衣 以穆泽 阿哈 赫赫 固尔大，
固布奇 朱赫 毕拉 毕罗尔 色芙，
毅伊特恩 扎卡 希门 郭奇 毅布洲，.
朱赫 尼莫衣 未芙芙 扎兰 折陈 泊 达希洲，
那鲁里 阿那布芙， 穆赤勒 占其泽 阿库，
扎兰 折陈 乌特哈丈 毕芙，
毕尔干 穆克 吐戈衣 芬克根 泊 珲塔拉芙 阿拉洲，
泼那达尔巴 衣 戈勒恩 恩都里 赫赫 阿那布洲，
阿林毕拉 傈赫 蓝图 泊 珲塔拉芙 阿拉布洲，
泼那达尔巴 衣 戈勒恩 恩都里 赫赫 阿那布洲，
折库 希哈衣 泊 珲塔拉芙 阿拉洲，
泼那达尔巴 衣 戈勒恩 恩都里 赫赫 阿那布洲，
毅伊特恩 扎卡 奇戈伞 泊 珲塔拉芙 戈塔洲，
泼那 达尔巴 衣 戈勒恩 恩都里 赫赫 阿那布洲，
毕尔干 毅尔佳 泊 扎兰 折陈 斑吉赫，
阿娅巴 那 斑吉赫，
阿布卡 赫赫 泛奇 扎兰 图门 扎卡衣 毅珲 顺泊
毅伊特恩 扎卡 赫尔库毅 阿库，
布尔嘎萨那，
雅沁 毅顿，朱赫 毕拉 毅赫 曹勒昆 泊 阿布卡
毅赫 胡图 那鲁里 德 扎兰 折陈 喀勒朱尔芙，

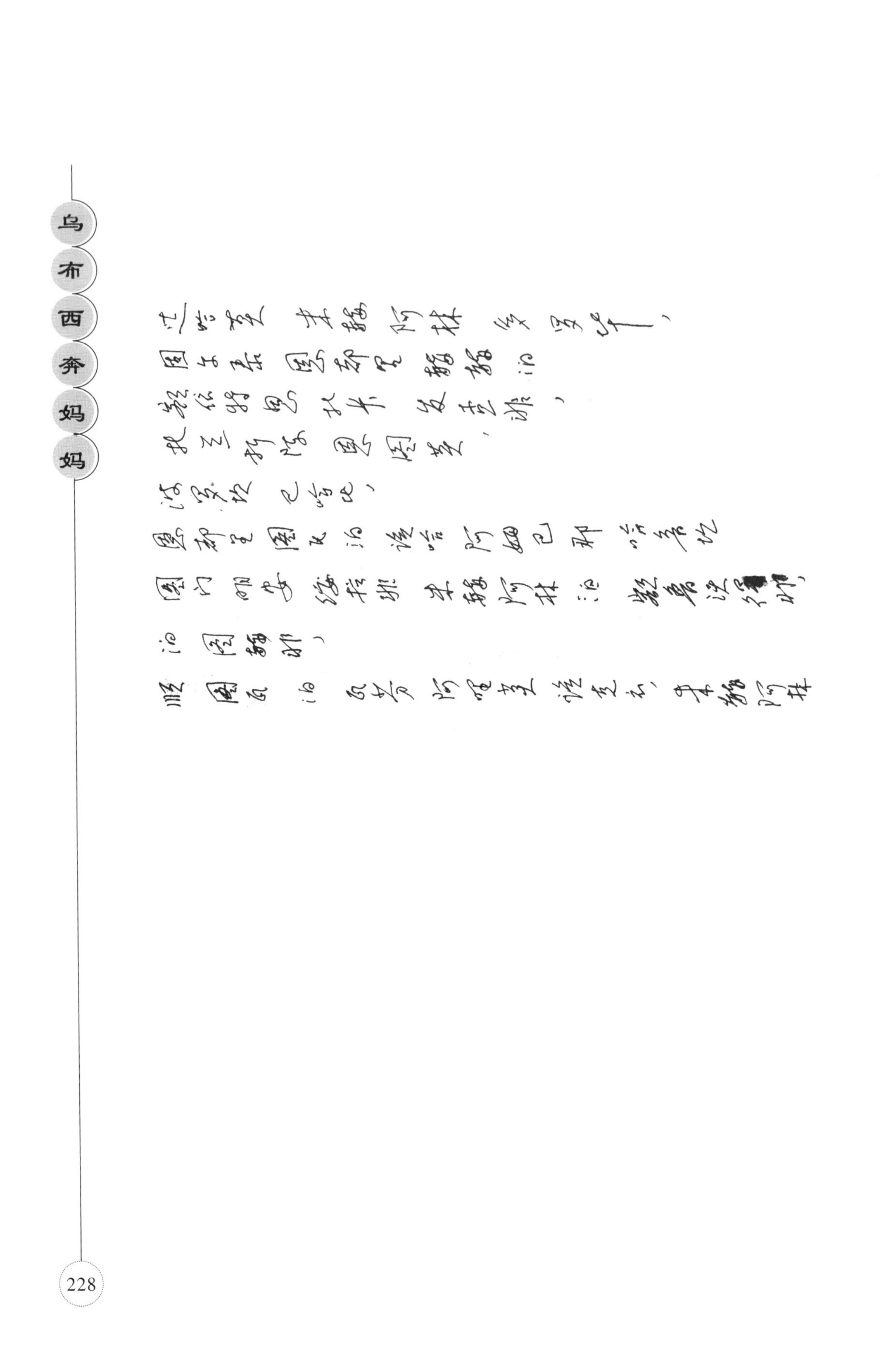

[illegible]

附：《乌布西奔妈妈》岩画中的图案符号
背后存留的舞蹈有关部分。

① [illegible]

④ [illegible]

⑤ 育子舞

③ [illegible]

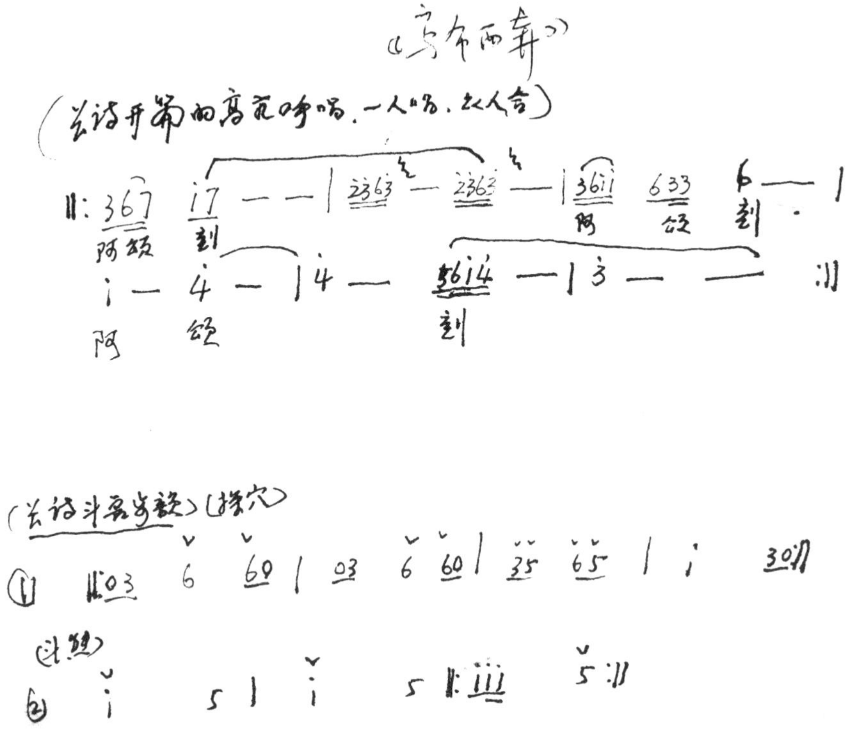

《乌布西奔》

（长诗开篇的高亢吟唱，一人唱，众人合）

‖: 367 17 — — | 2363 — 2363 — | 3611 633 6 — |

阿颜 刹 阿 颜 刹

i — 4 — | 4 — 3614 — | 3 — — :‖

阿 颜 刹

（长诗斗赛片段）（择穴）

① ‖: 03 6 60 | 03 6 60 | 35 65 | i 30 :‖

（斗熊）

② i 5 | i 5 ‖: iii 5 :‖

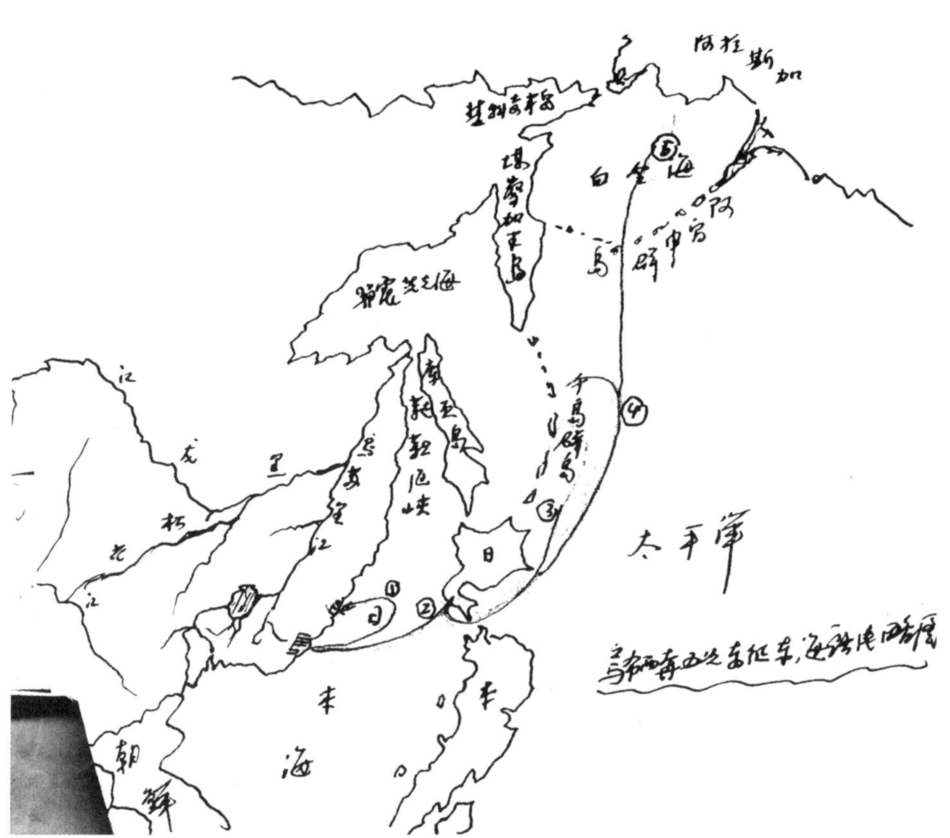
太平洋
日
朝鲜

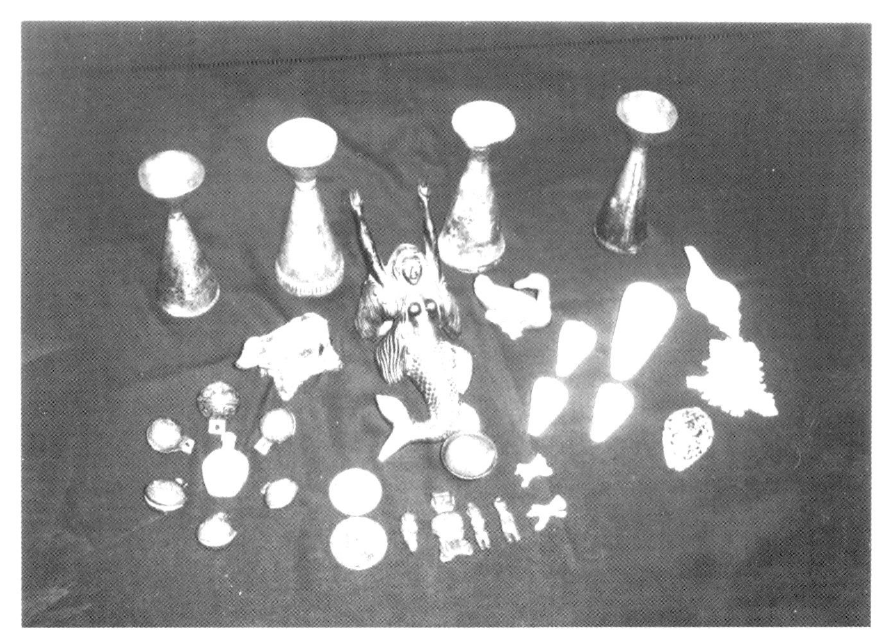

一九八〇年以来，在乌苏里江沿岸和绥芬河市区及珲春等地，征集东海女真人文化遗物。图为东海女真先世早年航海中随供的蹈海裸体鱼身吉祥女神，俗称“女魔”，护佑赶海人船行平安。另有古代海祭用锡制奠酒壶、铁铸猎偶、季节报时天鹅以及鼻烟壶、护身小铜镜、祭杯、护身偶等。

富育光　存藏并摄

二〇〇〇年王宏刚研究员同美国学者詹姆斯博士，赴俄罗斯滨海边区考察乌布西奔的传承情况，在听乌德赫老人吹唱古代歌谣。

孙玉玲　摄

古代东海渔民修网入海捕鱼。

——俄罗斯海参崴展馆图照